HARUKI MURAKAMI

WIE ICH EINES SCHÖNEN MORGENS IM APRIL DAS 100%IGE MÄDCHEN SAH

HARUKI MURAKAMI

WIE ICH EINES SCHÖNEN MORGENS IM APRIL DAS 100%IGE MÄDCHEN SAH

ERZÄHLUNGEN DUMONT

AUS DEM JAPANISCHEN
VON NORA BIERICH

© 1993 HARUKI MURAKAMI

ZWEITE AUFLAGE 2020
© 2007 FÜR DIE DEUTSCHE AUSGABE: DUMONT BUCHVERLAG, KÖLN
ALLE RECHTE VORBEHALTEN
DEUTSCHE ERSTVERÖFFENTLICHUNG 1996 IM BERLIN VERLAG

UMSCHLAG: ZERO, MÜNCHEN
SATZ: FAGOTT, FFM
GESETZT AUS DER ELZEVIR UND DER ANTIQUE OLIVE
GEDRUCKT AUF SÄUREFREIEM UND CHLORFREI GEBLEICHTEM PAPIER
DRUCK UND VERARBEITUNG: CPI BOOKS GMBH, LECK
PRINTED IN GERMANY

ISBN: 978-3-8321-8021-8

WIE ICH EINES SCHÖNEN MORGENS IM APRIL DAS 100%IGE MÄDCHEN SAH

Inhalt

.

Wie ich eines schönen Morgens
im April
das 100%ige Mädchen sah

Eines schönen Morgens im April komme ich auf einer kleinen Seitenstraße in Harajuku an dem 100%igen Mädchen vorbei.

Ehrlich gesagt, ist sie nicht besonders hübsch. Sie ist weder besonders auffällig, noch ist sie schick gekleidet. Ihre Haare sind hinten vom Schlaf verlegen. Sie ist nicht mehr jung. So an die Dreißig wird sie sein, nicht eigentlich ein Mädchen. Aber trotzdem weiß ich schon aus fünfzig Meter Entfernung: Sie ist für mich das 100%ige Mädchen. Bei ihrem Anblick dröhnt es in meiner Brust, und mein Mund ist trocken wie eine Wüste.

Vielleicht gibt es einen bestimmten Typ Mädchen, der dir gefällt, mit schmalen Fesseln zum Beispiel oder großen Augen, vielleicht stehst du auf schöne Finger oder fühlst dich, warum auch immer, von Mädchen angezogen, die sich beim Essen viel Zeit lassen. Dieses Gefühl meine ich. Auch ich habe natürlich meine Vorlieben. Manchmal ertappe ich mich dabei, wie ich im Restaurant gebannt auf die Nase des Mädchens am Nachbartisch starre.

Aber den Typ des 100%igen Mädchens kann keiner definieren. An die Form ihrer Nase kann ich mich gar nicht erinnern. Ich weiß noch nicht einmal mehr, ob sie überhaupt eine hatte. Ich weiß nur, daß sie keine nennenswerte Schönheit war. Irgendwie seltsam.

»Gestern kam ich an dem 100%igen Mädchen vorbei«, erzähle ich jemandem.

»Hm«, antwortet er, »war sie hübsch?«

»Nein, das nicht.«

»Also dein Typ.«

9

»Ich weiß es nicht mehr. Ich erinnere mich an nichts. Weder an die Form ihrer Augen, noch daran, ob sie große oder kleine Brüste hatte.«

»Das ist sonderbar.«

»Ja, es ist sonderbar.«

»Na und«, sagt er scheinbar gelangweilt, »hast du was gemacht? Hast du sie angesprochen, oder bist du ihr nachgelaufen?«

»Nein, nichts. Ich bin einfach an ihr vorbeigegangen.«

Sie ging von Osten nach Westen, ich von Westen nach Osten. An einem besonders schönen Morgen im April.

Ich möchte mit ihr sprechen, und wenn nur für eine halbe Stunde. Ich möchte von ihrem Leben erfahren und ihr von meinem erzählen. Mehr als alles andere aber möchte ich die Umstände des Schicksals klären, das uns an einem schönen Morgen im April neunzehnhunderteinundachtzig in einer kleinen Seitenstraße in Harajuku aneinander vorbeigeführt hat. Bestimmt birgt es wohlige Geheimnisse, so wie eine alte Maschine aus friedlichen Zeiten.

Nachdem wir uns unterhalten hätten, würden wir irgendwo zu Mittag essen, einen Woody-Allen-Film sehen oder an einer Hotelbar einen Cocktail trinken. Wenn alles gut ginge, würde ich später vielleicht mit ihr schlafen.

Die Chance pocht an die Tür meines Herzens.

Nur noch 15 Meter liegen zwischen ihr und mir.

Also, wie soll ich sie ansprechen?

»Guten Tag. Würdest du dich kurz mit mir unterhalten? Nur eine halbe Stunde.«

Das klingt ziemlich albern. Wie ein Versicherungsvertreter.

»Entschuldigung, gibt es hier in der Nähe eine 24-Stunden-Reinigung?«

Das ist genauso albern. Ich habe noch nicht einmal einen Wäschesack. Wer würde mir so etwas abnehmen?

Vielleicht sollte ich sie ganz offen ansprechen. »Hallo. Du bist für mich das 100%ige Mädchen.«

Nein, Quatsch. Das wird sie bestimmt nicht glauben. Und wenn, wird sie sich kaum mit mir unterhalten wollen. Ich mag für dich das 100%ige Mädchen sein, wird sie vielleicht antworten, aber du bist für mich leider nicht der 100%ige Mann. Das ist ziemlich wahrscheinlich. Und in einer solchen Situation käme ich bestimmt furchtbar durcheinander. Von einem solchen Schock würde ich mich vielleicht nie wieder erholen. Ich bin schon zweiunddreißig. So also fühlt es sich an, alt zu werden.

Vor dem Blumenladen gehe ich an ihr vorbei. Ein warmer Luftzug streift meine Haut. Der Asphalt ist mit Wasser besprengt, und ringsum verbreitet sich Rosenduft. Ich kann sie nicht ansprechen. Sie trägt einen weißen Pullover und hält einen weißen Umschlag in der rechten Hand, noch ohne Briefmarken. Sie hat jemandem einen Brief geschrieben. Ihre Augen wirken sehr müde, vielleicht hat sie die ganze Nacht geschrieben. Und vielleicht enthält dieser Umschlag alle ihre Geheimnisse. Als ich mich nach einigen Schritten umdrehe, ist ihre Gestalt bereits in der Menschenmenge verschwunden.

Jetzt weiß ich natürlich genau, wie ich sie damals hätte ansprechen müssen. Es wäre bestimmt lang geworden, und ich hätte nicht die richtigen Worte gefunden. Mir fällt nie etwas Brauchbares ein.

Jedenfalls beginnt es mit »vor langer langer Zeit« und endet mit »eine traurige Geschichte, findest du nicht?«.

Vor langer langer Zeit waren einmal ein Junge und ein Mädchen. Der Junge war achtzehn, das Mädchen sechzehn Jahre alt. Der Junge sieht nicht besonders gut aus, und auch das Mädchen ist nicht besonders hübsch. Ein einsamer und gewöhnlicher Junge und ein einsames und gewöhnliches Mädchen, wie man sie überall findet. Doch glauben sie fest daran, daß es irgendwo auf dieser Welt ein Mädchen oder einen Jungen gibt, der 100%ig zu ihnen paßt. Ja, sie glaubten an ein Wunder. Und dieses Wunder geschah.

Eines Tages begegnen sich die beiden zufällig an einer Straßenecke.

»Unglaublich«, sagt der Junge zu dem Mädchen, »ich habe dich schon die ganze Zeit gesucht! Ob du's glaubst oder nicht, du bist für mich das 100%ige Mädchen.«

Und das Mädchen erwidert: »Und du bist für mich der 100%ige Junge. Genau wie ich ihn mir vorgestellt habe. Es ist wie im Traum.«

Die beiden setzen sich auf eine Parkbank, halten sich an den Händen und reden in einem fort, ohne daß ihnen langweilig wird. Sie sind nicht mehr einsam. Sie haben ihren 100%igen Partner gefunden und sind von ihm gefunden worden. Seinen 100%igen Partner zu finden und von ihm gefunden zu werden ist etwas ganz Außerordentliches. Ein Wunder des Kosmos.

Aber ihre Herzen durchfährt ein kleiner, ganz kleiner Zweifel. Durfte ihr Traum so einfach in Erfüllung gehen?

Als das Gespräch einmal abbricht, sagt der Junge:

»Wir wollen uns nur einmal noch auf die Probe stellen. Wenn wir wirklich 100%ig füreinander geschaffen sind, werden wir uns bestimmt irgendwann irgendwo wiederbegegnen. Beim nächsten Mal wissen wir, daß wir 100%ig füreinander bestimmt sind, und wollen sofort heiraten. Einverstanden?«

»Einverstanden«, antwortet das Mädchen.

Und so trennten sie sich. Nach Westen und nach Osten.

Doch es war in Wirklichkeit vollkommen unnötig, das Schicksal auf die Probe zu stellen. Sie hätten es nicht tun dürfen. Sie waren wirklich 100%ig füreinander bestimmt. Ihre Liebe war ein Wunder. Da sie aber noch zu jung waren, konnten sie es nicht wissen. Und so wurden sie von der immerwährenden, unbarmherzigen Welle des Schicksals fortgerissen.

Eines Tages im Winter erkrankten beide an einer in jenem Jahr grassierenden schweren Grippe. Wochenlang schwebten sie zwischen Leben und Tod, und als sie wieder genesen waren, war ihr Gedächtnis an ihr früheres Leben ausgelöscht. Wie soll ich es sagen, als sie wieder aufwachten, waren ihre Köpfe so leergefegt wie die Spardose des jungen D. H. Lawrence.

Aber da er ein intelligenter und ausdauernder Junge und sie ein intelligentes und ausdauerndes Mädchen war, scheuten sie keine Mühe, erwarben von neuem Bewußtsein und Gefühle und kehrten erfolgreich in die Gesellschaft zurück. Ja, bei Gott, sie waren richtig ordentliche Bürger. Sie wußten, wie man in der U-Bahn korrekt umsteigt und wie man bei der Post einen Eilbrief aufgibt. Sie liebten auch, mal 75%, mal 85%.

Der Junge war zweiunddreißig, das Mädchen war dreißig geworden. Die Zeit war im Fluge vergangen.

Und eines schönen Morgens im April geht der Junge von Westen nach Osten durch eine kleine Seitenstraße in Harajuku, um einen Kaffee zu trinken, und das Mädchen geht, um Briefmarken für einen Eilbrief zu kaufen, die gleiche Straße von Osten nach Westen. In der Mitte der Straße kommen sie aneinander vorbei. Für einen Moment blitzt der schwache Schein verlorener Erinnerung in ihren Herzen auf. Es dröhnt in ihrer Brust. Und sie wissen.

Sie ist für mich das 100%ige Mädchen.

Er ist für mich der 100%ige Junge.

Aber der Schein ihrer Erinnerung ist zu schwach, ihre Sprache besitzt nicht mehr die Klarheit wie vor vierzehn Jahren. Beide gehen, ohne ein Wort zu sagen, aneinander vorbei und verschwinden in der Menge. Auf immer.

Eine traurige Geschichte, findest du nicht?

Ich weiß, so hätte ich sie ansprechen müssen.

Lederhosen

Es war vor einigen Jahren im Sommer, als ich auf die Idee kam, eine Reihe von Erzählungen zu schreiben, wie sie jetzt in diesem Buch versammelt sind. Bis dahin hatte ich diese Sorte Texte nie in Erwägung gezogen, und hätte sie mir nicht jene Geschichte erzählt und mich nicht gefragt, ob man daraus einen Roman machen könne, hätte ich dieses Buch vielleicht niemals geschrieben. So gesehen, war sie es, die das Streichholz zündete.

Doch es dauerte eine ganze Weile, bis mein Körper Feuer fing. Manche der Zündschnüre an meinem Körper sind sehr lang. Zuweilen sogar so lang, daß sie die gewöhnliche Dauer meiner Handlungen und Gefühle überschreiten. In solchen Fällen kann es passieren, daß ich, wenn der Funke endlich meinen Körper erreicht, keinen Sinn mehr darin zu entdecken vermag. In diesem Fall aber entzündete sich das Feuer noch innerhalb der bewußten Zeitspanne, und ich schrieb diesen Text.

Eine ehemalige Klassenkameradin meiner Frau erzählte mir diese Geschichte. Sie und meine Frau waren zwar während der Schulzeit nicht sonderlich eng befreundet gewesen, mit etwa dreißig aber sind sie sich zufällig wiederbegegnet und pflegten seither einen vertrauten Umgang. Manchmal habe ich das Gefühl, als gäbe es für einen Ehemann keine merkwürdigeren Gestalten als die Freundinnen seiner Frau. Für sie aber empfand ich von Anfang an Sympathie. Sie war eine ziemlich große Frau, fast so groß wie ich und auch fast so kräftig gebaut. Sie unterrichtete elektrische Orgel, da sie aber ihre Freizeit größtenteils mit Schwimmen, Tennisspielen und Skifahren verbrachte, war sie muskulös und immer braungebrannt. Sie war so begeistert von ihren verschiedenen Sportaktivitäten, daß man sie fanatisch nennen konnte. An freien Tagen absolvierte sie als erstes ihr morgendliches Jogging, schwamm dann im nahegelegenen beheizten Schwimmbad ein paar Runden, ging nachmittags zwei bis drei Stunden Tennis spielen und machte schließlich noch Aerobic. Auch ich treibe gern Sport, mit ihr konnte ich aber weder qualitativ noch quantitativ mithalten.

Wenn ich sie fanatisch nenne, bedeutet das jedoch keineswegs, daß sie irgendwie krankhaft, borniert oder aggressiv gewesen wäre. Im Gegenteil, sie war eigentlich ein ausgeglichener Mensch und setzte ihre Freunde niemals emotional unter Druck. Einzig und allein ihr Körper (und wahrscheinlich auch die diesem Körper zugehörige Psyche) verlangte, einem Kometen gleich, nach permanenter Verausgabung.

Ich weiß nicht, ob es daran lag, aber sie war nicht verheiratet. Natürlich hatte sie – trotz ihrer Größe war sie durchaus hübsch – mehrere Liebesverhältnisse hinter sich. Einmal hatte ihr jemand einen Heiratsantrag gemacht, und sie hatte eingewilligt. Aber immer wenn es konkret wurde, tauchte irgendein unerwartetes Hindernis auf, und die ganze Geschichte verlief im Sande.

»Sie hat einfach kein Glück«, sagte meine Frau.

»Ja, wahrscheinlich«, stimmte ich ihr zu.

Aber nicht in allem teilte ich die Ansicht meiner Frau. Mag sein, daß bestimmte Lebensbereiche tatsächlich dem Schicksal unterliegen. Und vielleicht überzieht dieses Schicksal unser Leben mit dunklen Sprenkeln, wie fleckige Schatten den Erdboden. Doch wenn es einen Willen gibt – einen starken Willen, der zwanzig Kilometer laufen und drei Kilometer schwimmen kann –, müßten sich meiner Meinung nach die meisten Probleme, gleichsam wie auf einer Leiter, Stufe für Stufe lösen lassen. Ich vermute, daß sie deswegen keinen Mann fand, weil sie im Grunde ihres Herzens nicht heiraten wollte. Heiraten lag gewissermaßen nicht auf der energetischen Umlaufbahn ihres Kometen, zumindest nicht unmittelbar.

Sie lehrte also weiter elektrische Orgel, trieb in jeder freien Minute eifrig Sport und litt in regelmäßigen Abständen unter unglücklichen Liebesaffären.

Seit der Scheidung ihrer Eltern – sie ging gerade das zweite Jahr auf die Universität – lebte sie allein in einer Mietwohnung.

»Meine Mutter hat meinen Vater verlassen«, erzählte sie mir eines Tages. »Wegen eines Paars kurzer Hosen.«

»Wegen eines Paars kurzer Hosen?« fragte ich überrascht.

»Das ist eine komische Geschichte«, sagte sie. »Sie ist so absurd, daß ich sie fast noch niemandem erzählt habe, aber vielleicht kannst du als Schriftsteller etwas damit anfangen. Möchtest du sie hören?«

»Unbedingt«, sagte ich.

Als sie an diesem verregneten Sonntagnachmittag zu Besuch kam, war meine Frau gerade einkaufen gegangen. Sie kam zwei Stunden früher als erwartet.

»Tut mir leid«, entschuldigte sie sich. »Mein Tennis ist wegen des Regens ins Wasser gefallen, und ich hatte auf einmal so viel Zeit. Alleine zu Hause zu sitzen ist langweilig, und deshalb dachte ich, ich könnte schon ein bißchen früher kommen. Ich hoffe, ich störe nicht.«

»Überhaupt nicht«, antwortete ich. Ich hatte keine Lust zu arbeiten und sah mir gerade, mit unserer Katze auf den Knien, einen Videofilm an. Ich bat sie herein und machte uns einen Kaffee. Während wir Kaffee tranken, guckten wir noch die letzten zwanzig Minuten von *Der weiße Hai*. Wir hatten den Film beide schon mehrmals gesehen und entwickelten keine besondere Begeisterung. Aber da er nun mal lief, sahen wir ihn uns an.

Als der Abspann des Films erschien, war meine Frau noch immer nicht zurück. Wir redeten eine Weile über dies und das, über Haie, das Meer und über Schwimmen. Meine Frau kam noch immer nicht. Wie bereits gesagt, war diese Freundin mir keineswegs unsympathisch, doch gab es offensichtlich nicht genügend gemeinsame Gesprächsthemen, um sich eine Stunde lang zu unterhalten. Sie war nun mal mit meiner Frau befreundet und nicht mit mir.

Als mir schon langweilig wurde und ich überlegte, noch einen Film anzusehen, begann sie plötzlich von der Scheidung ihrer Eltern zu erzählen. Mir war nicht klar, warum sie ohne jeden Zusammenhang dieses Thema aufbrachte (ich konnte jedenfalls zwischen Schwimmen und der Scheidung ihrer Eltern keinen Zusammenhang erkennen). Aber wahrscheinlich gab es irgendeinen Grund.

»Kurze Hosen ist eigentlich nicht der richtige Ausdruck«, sagte sie. »In Wirklichkeit waren es Lederhosen. Weißt du, was Lederhosen sind?«

»Du meinst diese kurzen Hosen, in denen die Deutschen rumlaufen? Die mit den Trägern?« fragte ich.

»Genau. Mein Vater wollte welche mitgebracht bekommen. Solche Lederhosen. Er war für seine Generation relativ groß, ihm standen kurze Hosen gut. Wahrscheinlich wollte er sie deswegen. Meiner Meinung nach passen Lederhosen nicht zu Japanern, aber das ist wohl Geschmackssache.«

Um das Gespräch etwas mehr auf den Punkt zu bringen, fragte ich sie, von wem und unter welchen Umständen ihr Vater diese Lederhosen mitgebracht haben wollte.

»Entschuldigung. Ich bringe immer alles durcheinander. Du mußt nachfragen, wenn du irgend etwas nicht verstehst«, sagte sie.

»Werde ich tun«, sagte ich.

»Damals lebte die jüngere Schwester meiner Mutter in Deutschland, und sie lud meine Mutter ein, sie dort zu besuchen. Meine Mutter sprach zwar kein Wort Deutsch und war auch noch nie zuvor im Ausland gewesen, aber sie hatte längere Zeit Englisch unterrichtet und wollte schon immer einmal ins Ausland reisen. Außerdem hatte sie meine Tante seit langem nicht mehr gesehen. Sie schlug meinem Vater also vor, zehn Tage Urlaub zu nehmen und mit ihr zusammen nach Deutschland zu fahren. Aber mein Vater konnte sich nicht freinehmen, also fuhr meine Mutter allein.«

»Und dein Vater hat sich als Mitbringsel Lederhosen von ihr gewünscht?«

»Ja, genau«, sagte sie. »Als meine Mutter ihn fragte, was er mitgebracht bekommen möchte, antwortete er, daß er sich Lederhosen wünsche.«

»Ich verstehe«, sagte ich.

Ihrer Erzählung zufolge war das Verhältnis ihrer Eltern zum damaligen Zeitpunkt relativ gut. Zumindest stritten sie sich nicht mehr mitten in der Nacht lauthals, und ihr Vater verließ auch nicht mehr wütend das Haus und kam tagelang nicht zurück. Früher, als der Vater eine Freundin hatte, war das des öfteren vorgekommen.

»Er hatte keinen schlechten Charakter und war zuverlässig, was seine Arbeit anbelangt, aber in bezug auf Frauen ließ er sich ziemlich gehen.« Ihr Tonfall war nüchtern, als handele es sich um einen Fremden. Einen Moment lang glaubte ich, ihr Vater sei bereits gestorben, aber er lebte noch und war wohlauf.

»Damals aber war mein Vater schon älter, und die Streitereien waren bereits vorbei. Meine Eltern schienen sich gut zu verstehen.«

Doch in Wirklichkeit stand es nicht so gut. Ihre Mutter dehnte ihre zehntägige Deutschlandreise fast ohne jede Mitteilung auf eineinhalb Monate aus und zog, nachdem sie endlich nach Japan zurückgekehrt war, zu einer in Ōsaka lebenden weiteren Schwester. Sie kam nie wieder nach Hause zurück.

Wieso dies geschah, blieb ihr, der Tochter, und ihrem Vater, dem Ehemann, ein Rätsel. Auch wenn ihre Eltern sich bis dahin öfters gestritten hatten, war ihre Mutter im Grunde eine sehr geduldige Frau – so geduldig, daß man zuweilen meinen konnte, es fehle ihr an eigenen Vorstellungen. Sie war eine Frau, für die die Familie an erster Stelle stand und die ihre Tochter abgöttisch liebte. Beiden war daher völlig unverständlich, warum sie nicht wieder nach Hause kam und auch sonst kaum mit ihnen in Verbindung trat. Sie hatten keine Ahnung, was überhaupt vorgefallen sein könnte. Sie und ihr Vater riefen wiederholt bei der Tante in Ōsaka an, aber ihre Mutter kam fast nie ans Telefon. Sie hatte sie daher noch nicht einmal nach ihren wahren Gründen fragen können.

Erst Mitte September, etwa zwei Monate nach ihrer Rückkehr aus Deutschland, teilte ihnen die Mutter ihre Absichten mit. Eines Tages rief sie plötzlich an und sagte zu ihrem Mann: »Ich schicke dir die notwendigen Unterlagen für die Scheidung. Bitte schick sie mir unterschrieben und mit deinem Siegel versehen zurück.« Ihr Vater fragte, was denn der Grund dafür sei. »Ich empfinde keine Liebe mehr für dich, in welcher Form auch immer«, hatte ihre Mutter geantwortet. Als ihr Vater fragte, ob es denn keine Möglichkeit gäbe, sich wieder näherzukommen, antwortete sie entschieden: »Nein, das ist vollkommen ausgeschlossen.«

Es folgten zwei oder drei Monate hartnäckiger telefonischer Verhandlungen zwischen den Eltern. Da ihre Mutter jedoch bis zuletzt zu keinen Konzessionen bereit war, willigte ihr Vater schließlich resigniert in die Scheidung ein. Auch aufgrund früherer Begebenheiten war es ihm unmöglich, sich härter gegen seine Frau durchzusetzen. Außerdem neigte er zu Resignation.

»Für mich war das ein großer Schock«, sagte sie. »Nicht allein die Scheidung. Ich hatte mir schon oft vorgestellt, daß sich meine Eltern trennen könnten, und hatte mich sozusagen seelisch darauf vorbereitet. Es hätte mich wahrscheinlich nicht so verwirrt, hätten sie sich einfach scheiden lassen. Das Problem war, daß meine Mutter nicht nur meinen Vater verließ, sondern daß sie auch mich verließ. Das hat mich ziemlich verwirrt, es hat mich sehr verletzt. Kannst du das verstehen?«

Ich nickte.

»Ich hatte immer auf der Seite meiner Mutter gestanden und lebte in dem Glauben, daß auch sie mir vertraute. Aber meine Mutter hat mich ohne jede Erklärung verlassen, sozusagen im Set mit meinem Vater. Für mich war das Verhalten meiner Mutter ungeheuerlich, und ich konnte ihr lange nicht verzeihen. Ich schrieb ihr Briefe und verlangte nach einer Erklärung, aber meine Mutter beantwortete meine Fragen nicht und äußerte nicht einmal, daß sie mich sehen wolle.«

Sie hatte ihre Mutter erst drei Jahre später wiedergesehen, auf der Beerdigung eines Verwandten. Damals war sie bereits mit dem Studium fertig und verdiente sich ihren Lebensunterhalt mit Orgelunterricht. Ihre Mutter arbeitete als Englischlehrerin an einer privaten Sprachschule. Nach der Beerdigung hatte sie sich der Tochter zum ersten Mal anvertraut. »Ich konnte einfach nicht mit dir darüber sprechen. Ich wußte ja noch nicht einmal, wie ich überhaupt darüber sprechen sollte. Ich verstand selbst nicht, was damals eigentlich passierte«, sagte ihre Mutter. »Aber im Grunde hat alles mit einem Paar kurzer Hosen seinen Anfang genommen.«

»Mit einem Paar kurzer Hosen?« fragte die Tochter, genauso überrascht wie ich zuvor. Sie hatte nie mehr ein Wort mit ihrer Mutter wechseln wollen, doch schließlich siegte die Neugier über die Wut. In ihren schwarzen Kleidern gingen sie in ein nahes Café, und dort hörte sie sich bei einem Glas Eistee die Geschichte von den kurzen Hosen an.

Das Geschäft, das die Lederhosen verkaufte, befand sich in einer kleinen Stadt, etwa eine Stunde mit dem Zug von Hamburg entfernt. Die Schwester der Mutter hatte es ausfindig gemacht.

»Alle meine deutschen Bekannten sagen, dies sei das beste Geschäft für Lederhosen. Die Hosen sind gediegen gearbeitet und auch nicht zu teuer«, sagte die Schwester.

Die Mutter stieg also allein in den Zug und fuhr in die Kleinstadt, um für ihren Mann als Mitbringsel Lederhosen zu kaufen. In ihrem Abteil saß ein deutsches Ehepaar mittleren Alters, und zu dritt unterhielten sie sich über alles mögliche auf Englisch. Als sie sagte: »Ich bin unterwegs, um Lederhosen als Mitbringsel zu kaufen«, fragte das Ehepaar: »In welches Geschäft gehen Sie denn?« Sie nannte den Namen des Geschäfts, und sofort riefen die beiden wie aus einem Munde: »Da sind Sie richtig. Das ist die allerbeste Adresse.« Sie fühlte sich sehr ermutigt.

Es war ein wunderschöner Nachmittag im Frühsommer. Der Bach, der quer durch den Ort floß, plätscherte kühl, und das grüne Gras am Ufer wogte im Wind. Alte Straßen mit Kopfsteinpflaster beschrieben sanfte Windungen und verliefen sich in der Ferne, und überall gab es Katzen. Sie trat in ein kleines Café, das ihr gefiel, und aß Käsekuchen zu Mittag und trank dazu ein Kännchen Kaffee. Die Häuser an der Straße waren hübsch, und rundherum war es ganz still.

Als sie mit ihrem Kaffee fertig war und gerade mit einer kleinen Katze spielte, kam der Besitzer des Cafés und fragte sie auf Englisch, was sie hier in der Stadt vorhabe. Sie antwortete, daß sie Lederhosen kaufen wolle, und der Besitzer holte ein Blatt Papier und zeichnete ihr die Lage des Geschäfts auf. »Vielen Dank«, sagte sie.

Wie wundervoll es ist, allein zu reisen, dachte sie, als sie die Kopfsteinpflasterstraße entlangging. Es war das erste Mal in ihrem fünfundfünfzigjährigen Leben, daß sie allein reiste. Sie war auf ihrer ganzen Reise in Deutschland nicht einmal einsam, ängstlich oder gelangweilt gewesen. Jeder Anblick war neu und anregend, und alle Menschen waren freundlich. Jedes Erlebnis rief Gefühle wach, die über lange Zeit unberührt in ihrem Körper geschlummert hatten. Alles, was ihr bis dahin in ihrem Leben wichtig gewesen war – ihr Mann, ihre Tochter, ihre Familie –, befand sich auf der anderen Seite der Erdkugel. Es war unnötig, sich irgendwelche Sorgen zu machen.

Das Lederhosengeschäft war leicht zu finden. Es war ein kleiner alter Laden ohne prächtiges Ladenschild oder Schaufensterauslage, aber als sie durch die Scheibe lugte, konnte sie die aufgereihten Lederhosen sehen. Sie öffnete die Ladentür und trat ein.

Im Laden arbeiteten zwei alte Männer. Sie maßen Stoffe ab und schrieben irgend etwas auf ihre Notizblöcke, wobei sie leise miteinander sprachen. Im hinteren Teil des Ladens, der durch einen Vorhang abgetrennt war, schien es noch einen größeren Arbeitsraum zu geben, und man hörte das eintönige Klappern einer Nähmaschine.

»Womit kann ich Ihnen dienen, gnädige Frau?« Der größere der beiden Männer war aufgestanden und sprach sie auf Deutsch an.

»Ich möchte ein Paar Lederhosen kaufen«, sagte sie auf Englisch.

»Sollen sie für die gnädige Frau selbst sein?« fragte der alte Mann in einem eigenartigen Englisch.

»Nein, das nicht. Ich möchte sie meinem Mann nach Japan als Geschenk mitbringen.«

»Aha«, sagte der alte Mann und überlegte eine Weile. »Ihr werter Gatte weilt also momentan nicht hier.«

»So ist es. Natürlich«, antwortete sie, »er ist in Japan.«

»Wenn das so ist, gibt es ein Problem.« Der alte Mann wählte seine Worte mit Bedacht.

»Wir dürfen nämlich keine Waren an Kunden verkaufen, die nicht existieren.«

»Aber mein Mann existiert«, sagte sie.

»Das stimmt schon. Ihr werter Gatte existiert. Selbstverständlich«, beeilte sich der Alte zu sagen.

»Entschuldigen Sie bitte mein schlechtes Englisch, aber was ich sagen wollte, ist, daß wir nun einmal, wenn ihr werter Gatte selbst hier nicht anwesend sein kann, ihrem werten Gatten keine Lederhose verkaufen können.«

»Warum nicht?« fragte sie verwirrt.

»Es ist die Maxime unseres Geschäfts. Unser Prinzip gewissermaßen. Erst wenn unsere Kunden die ihrer Figur entsprechenden Lederhosen anprobiert und wir die notwendigen kleinen Veränderungen vorgenommen haben, dürfen wir sie verkaufen. Seit über einhundert Jahren betreiben wir nun schon unser Geschäft auf diese Weise. Mit dieser Maxime ist es uns gelungen, das Vertrauen unserer Kunden zu gewinnen.«

»Aber ich bin extra einen halben Tag von Hamburg hierhergefahren, um in Ihrem Geschäft ein Paar Lederhosen zu kaufen.«

»Das tut mir sehr leid, gnädige Frau«, sagte der alte Mann mit offenbar echtem Bedauern. »Aber wir können keine Ausnahme machen. Nichts ist in dieser unzuverlässigen Welt so schwer zu erwerben und so leicht zu zerstören wie Vertrauen.«

Sie stieß einen Seufzer aus und blieb eine Weile in der Tür stehen. Angestrengt dachte sie über einen Ausweg nach, während der größere alte Mann dem kleineren alten Mann auf Deutsch die Situation erläuterte. Der Kleine murmelte mehrmals zustimmend »Ja, ja«. Obwohl die beiden Alten so unterschiedlich groß waren, hatten sie fast den gleichen Gesichtsausdruck.

»Also, wie wäre folgendes?« schlug sie vor. »Ich finde jemanden, der die gleiche Figur hat wie mein Mann, und bringe ihn hierher. Sie probieren diesem Mann die kurzen Hosen an, nehmen Ihre notwendigen Veränderungen vor und verkaufen mir dann die Hosen.«

Der Größere der beiden Alten starrte sie völlig verdattert an.

»Aber, gnädige Frau. Das verstößt gegen die Regel. Dieser Mann ist nicht der, der die Hosen anziehen wird. Das ist Ihr werter Gatte. Und wir wissen das. Das ist leider unmöglich.«

»Und wenn Sie so tun, als wüßten Sie es nicht? Sie verkaufen diesem Mann die Lederhosen, und ich kaufe sie ihm wieder ab. Auf diese Weise nimmt Ihre Maxime keinen Schaden. Nicht wahr? Überlegen Sie es sich noch einmal, ich bitte Sie. Ich werde wohl kaum je wieder nach Deutschland kommen. Wenn ich jetzt keine Lederhosen kaufe, werde ich nie wieder die Gelegenheit dazu haben.«

»Hm«, sagte der alte Mann und dachte einen Moment nach. Dann begann er auf Deutsch auf den Kleineren einzureden. Nachdem der Größere mit seinen Erklärungen zu Ende war, sprach der Kleinere eine Weile. So ging es noch mehrmals hin und her. Als sie fertig waren, wandte sich der Größere an die Mutter und sagte:»Einverstanden, gnädige Frau. Ausnahmsweise – wirklich ausnahmsweise – wissen wir nichts über die Einzelheiten dieser Angelegenheit. Nicht viele Kunden kommen extra aus Japan, um unsere Lederhosen zu kaufen, und wir Deutschen sind nicht stur. Bitte finden Sie jemanden, dessen Figur der Ihres werten Gatten möglichst nahe kommt. Auch mein Bruder ist dieser Meinung.«

»Vielen Dank!« sagte sie. Und an den Bruder gewandt, sagte sie auf Deutsch:»Dasu isto soo furoindolichi fon iinen.«

Sie – die Tochter, die mir diese Geschichte erzählte – faltete, an dieser Stelle angelangt, ihre Hände auf dem Tisch und seufzte. Ich trank den Rest meines kalt gewordenen Kaffees. Es regnete immer weiter, und meine Frau war noch nicht zurück. Ich hatte keine Ahnung, wie die Geschichte weitergehen könnte.

»Und dann?« fiel ich ein, neugierig, das Ende der Geschichte zu erfahren. »Fand deine Mutter schließlich jemanden mit einer ähnlichen Figur wie der deines Vaters?«

»Ja«, sagte sie ausdruckslos. »Sie fand jemanden. Meine Mutter setzte sich auf eine Bank und betrachtete die Männer, die vorbeikamen. Sie wählte einen aus, dessen Figur mit der meines Vaters übereinstimmte und der ein freundliches Gesicht hatte, und schleppte ihn ohne jede Widerrede – dieser Mann sprach nämlich kein Wort Englisch – in das Geschäft.«

»Deine Mutter scheint ja eine resolute Person zu sein«, meinte ich.

»Ich weiß es nicht. In Japan war sie eher still und konventionell«, sagte sie und seufzte. »Auf jeden Fall setzten die beiden Alten in dem Geschäft dem Mann die Einzelheiten der Angelegenheit auseinander, und er erklärte sich gern dazu bereit, Modell zu stehen. Die Lederhosen wurden also anprobiert, und die beiden aus dem Geschäft machten sie hier etwas weiter und kürzten sie dort etwas. Dabei scherzten der Mann und die beiden Alten auf Deutsch und lachten. Und als sie nach einer halben Stunde fertig waren, hatte meine Mutter den Entschluß gefaßt, sich von meinem Vater scheiden zu lassen.«

»Ich kann der Geschichte nicht ganz folgen«, sagte ich. »Ist in dieser halben Stunde irgend etwas passiert?«

»Nein, nichts. Nur daß die drei Deutschen einträchtig miteinander scherzten.«

»Aber wieso beschloß dann deine Mutter in dieser halben Stunde, sich scheiden zu lassen?«

»Das hat sie selbst die ganze Zeit nicht verstanden. Sie war ganz durcheinander deshalb. Das einzige, was sie wußte, war, daß, während sie diesem Mann in Lederhosen zusah, ein fast unerträglicher Haß wie Schaum tief aus ihrem Inneren hervorquoll. Sie konnte sich nicht dagegen wehren. Dieser Mann in Lederhosen sah, abgesehen von seiner Hautfarbe, meinem Vater verblüffend ähnlich. Die Form seiner Beine, der Bauch und sogar das dünne Haar. Und wie er die Lederhosen probierte und sich fröhlich vor Lachen schüttelte. Beim Betrachten dieses Mannes spürte meine Mutter, wie ein in ihrem Inneren bis dahin nur vage existierender Gedanke immer deutlichere und festere Gestalt annahm. Und zum ersten Mal wurde meiner Mutter bewußt, wie sehr sie ihren Mann haßte.«

Als meine Frau von ihren Einkäufen zurückgekehrt war und die beiden zu reden begannen, mußte ich immer noch an diese Geschichte

26

mit den Lederhosen denken. Wir aßen zu dritt zu Abend und tranken noch etwas, aber mir gingen die Lederhosen nicht aus dem Kopf.

»Und nun haßt du deine Mutter nicht mehr?« fragte ich sie, als meine Frau gerade einmal aufgestanden war.

»Ja, ich hasse sie nicht mehr. Wir haben keineswegs ein sehr enges Verhältnis, aber ich hasse sie nicht«, sagte sie.

»Weil sie dir die Geschichte mit den kurzen Hosen erzählt hat?«

»Ja, deswegen. Wahrscheinlich deswegen. Nachdem ich diese Geschichte gehört hatte, empfand ich keinen Haß mehr gegen meine Mutter. Wieso das so ist, kann ich nicht erklären, aber bestimmt hat es damit zu tun, daß wir beide Frauen sind.«

Ich nickte.

»Aber angenommen, du ließest die Geschichte mit den kurzen Hosen einmal weg, und übrig bliebe nur die Geschichte einer Frau, die auf einer Reise ihre Unabhängigkeit entdeckt. Hättest du deiner Mutter vergeben können, daß sie dich verlassen hat?«

»Niemals«, erwiderte sie prompt. »Die Crux dieser Geschichte sind die Lederhosen.«

»Ja, wahrscheinlich«, meinte ich.

Familiensache

Mag sein, daß dies eines der Dinge ist, die immer wieder und überall auf der ganzen Welt passieren, aber ich konnte den Verlobten meiner Schwester nun mal von Anfang an nicht leiden. Und je mehr Zeit verstrich, desto mehr Zweifel begann ich an meiner Schwester selbst zu hegen, die sich für diesen Mann entschieden hatte. Ehrlich gesagt, war ich enttäuscht.

Vielleicht war meine Einstellung aber auch nur die Folge meines bornierten Charakters.

Das war zumindest die Meinung meiner Schwester. Wir sprachen zwar nicht direkt darüber, aber daß ich ihren Verlobten nicht sonderlich mochte, war ihr offensichtlich nicht entgangen. Sie schien sich darüber zu ärgern.

»Du hast eine beschränkte Sicht«, warf sie mir vor. Wir unterhielten uns gerade über Spaghetti. Sie hatte mich darauf hingewiesen, daß meine Sichtweise Spaghetti gegenüber beschränkt sei.

Natürlich ging es ihr nicht um Spaghetti. Hinter den Spaghetti lauerte ihr Verlobter, und es war vielmehr er, über den sie sprach. Wir fochten einen Stellvertreterkampf.

Alles hatte damit angefangen, daß meine Schwester mir an einem Sonntagnachmittag vorschlug, zusammen Spaghetti essen zu gehen. »Gute Idee«, sagte ich, da ich Lust auf Spaghetti hatte. Wir gingen in ein kleines, hübsches Spaghettirestaurant am Bahnhof, das vor kurzem eröffnet hatte. Ich bestellte Spaghetti mit Auberginen und Knoblauch und meine Schwester Spaghetti al Pesto. Bis das Essen kam, trank ich ein Bier. Solange war alles in Ordnung. Es war Mai, Sonntag und herrliches Wetter.

Das Problem war, daß die Spaghetti, die man uns brachte, grauenvoll schmeckten. »Katastrophal« wäre der richtige Ausdruck gewesen. Außen waren die Nudeln widerlich weich und innen hart. Die Butter hätte selbst ein Hund nicht angerührt. Die Hälfte der Spaghetti schaffte ich, dann kapitulierte ich und bat die Kellnerin, meinen Teller abzuräumen.

Meine Schwester blickte zwar hin und wieder zu mir, sagte aber nichts, sondern aß gemächlich ihren Teller Spaghetti bis auf die letzte Nudel leer. Ich trank derweil mein zweites Bier und guckte aus dem Fenster.

»Du hättest deine Spaghetti nicht so demonstrativ stehenzulassen brauchen«, sagte sie, nachdem ihr Teller abgeräumt war.

»Ekelhaft«, sagte ich bloß.

»Nicht so ekelhaft, daß du die Hälfte übrig lassen mußtest. Etwas mehr Mühe hättest du dir geben können.«

»Ich esse, wenn ich Lust habe, und wenn ich keine Lust habe, esse ich nicht. Es ist schließlich mein Magen und nicht deiner, Schätzchen.«

»Hör auf, Schätzchen zu mir zu sagen, bitte. Das klingt ja wie bei einem alten Ehepaar.«

»Es ist schließlich mein Magen und nicht deiner, liebe Schwester«, korrigierte ich mich. Seit sie über zwanzig war, versuchte sie mir beizubringen, nicht mehr »Schätzchen«, sondern »liebe Schwester« zu ihr zu sagen. Warum eigentlich, hatte ich nie richtig verstanden.

»Dieses Restaurant hat gerade neu aufgemacht, und die Köche müssen sich bestimmt erst eingewöhnen. Du könntest ruhig ein wenig mehr Toleranz zeigen«, sagte meine Schwester, während sie ihren nicht gerade delikat anmutenden wäßrigen Kaffee trank, den die Kellnerin ihr gebracht hatte.

»Du magst vielleicht recht haben, aber es muß auch den Stolz geben, schlechtes Essen zurückgehen zu lassen«, erklärte ich.

»Seit wann bist du denn so vornehm?« fragte meine Schwester.

»Du bist ja echt gut drauf«, sagte ich. »Du hast wohl deine Tage, was?«

»Ach hör auf. Red nicht so 'n Quatsch. Von dir brauche ich mir das nicht anzuhören.«

»Mach dir nichts draus. Ich weiß genau, wann du zum ersten Mal deine Tage bekommen hast, *liebe Schwester*. Sie kamen so spät, daß Mutter mit dir zum Arzt gegangen ist.«

»Wenn du nicht sofort aufhörst, schmeiße ich dir meine Tasche ins Gesicht«, sagte sie.

Ich wußte, daß sie tatsächlich wütend war, und schwieg.

»Weißt du, deine Sicht ist einfach beschränkt«, sagte sie, während sie sich Sahne in ihren zweifellos abscheulichen Kaffee goß. »Immer entdeckst du Fehler und mäkelst an allem herum und versuchst nichts Positives anzuerkennen. Sobald etwas nicht deinem Standard entspricht, rührst du es nicht mal mehr an. Das kann einem wirklich auf die Nerven gehen.«

»Es ist mein Leben und nicht deins«, sagte ich.

»Aber du verletzt andere oder bereitest ihnen Unannehmlichkeiten. Mit deinem Masturbieren zum Beispiel.«

»Masturbieren?« fragte ich überrascht. »Was soll denn das heißen?«

»Als du in der Oberschule warst, hast du doch dauernd masturbiert und Flecken in die Laken gemacht, oder? Ich erinnere mich noch genau. Die waren schwer wieder rauszukriegen. Hättest du nicht wenigstens masturbieren können, ohne die Laken zu beschmutzen? Das meine ich mit Unannehmlichkeiten.«

»Ich werd's mir merken«, sagte ich. »Wenn ich dazu übrigens auch noch etwas sagen darf. Ich mag mich vielleicht wiederholen, aber jedenfalls lebe ich mein Leben, und manche Dinge gefallen mir und andere gefallen mir nicht. Daran läßt sich nun mal leider nichts ändern.«

»Aber du verletzt andere Menschen dabei«, sagte sie. »Warum

gibst du dir nicht etwas mehr Mühe? Warum versuchst du nicht, auch mal die guten Seiten zu sehen? Warum versuchst du nicht wenigstens, geduldiger zu sein? Warum kannst du nicht erwachsen werden?«

»Ich bin erwachsen«, sagte ich etwas verletzt. »Ich bin geduldig, und ich sehe auch die guten Seiten der Dinge. Ich sehe lediglich die Dinge nicht so wie du.«

»Sei doch nicht immer so arrogant. Deswegen hast du auch mit siebenundzwanzig noch keine feste Freundin.«

»Ich habe eine Freundin.«

»Ja, eine, mit der du schläfst«, sagte sie. »Ist doch so, oder? Bringt es dir Spaß, jedes Jahr deine Sexpartnerin zu wechseln? Was hat es denn für eine Bedeutung, wenn es kein Verständnis, keine Liebe oder gegenseitige Anteilnahme gibt? Das ist doch dasselbe wie Masturbieren.«

»Ich wechsle sie nicht jedes Jahr«, sagte ich kraftlos.

»So gut wie«, sagte meine Schwester. »Wie wär's, wenn du etwas ernster würdest, ein seriöseres Leben führtest? Ein bißchen erwachsen würdest?«

Das war das Ende unserer Unterhaltung. Ich sagte zwar noch etwas, aber sie antwortete kaum.

Ich begriff nicht richtig, wie es plötzlich zu dieser Einstellung gekommen war. Noch bis vor einem Jahr hatte es ihr Spaß gemacht, an meiner lockeren Lebensweise, die für mich außer Frage stand, teilzuhaben. Sie hatte mich sogar – wenn ich mich nicht täuschte – dafür bewundert. Erst seit sie mit ihrem Verlobten zusammen war, hatte sie angefangen, mir Vorwürfe zu machen.

Das ist unfair, dachte ich. Wir leben schon dreiundzwanzig Jahre zusammen. Wir sind Geschwister, wir verstehen uns gut und können über alles mögliche offen reden, und wir streiten uns kaum. Sie weiß über mein Masturbieren Bescheid, und ich über ihre erste Periode. Sie weiß, wann ich zum ersten Mal Kondome gekauft habe (ich war siebzehn), und ich, wann sie zum ersten Mal Spitzenunterwäsche gekauft hat (sie war neunzehn).

Ich bin mit ihren Freundinnen ausgegangen (natürlich ohne mit ihnen zu schlafen) und sie mit meinen Freunden (natürlich ohne mit ihnen zu schlafen, glaube ich). So waren wir groß geworden. Und dieses freundschaftliche Verhältnis hatte sich in nur einem Jahr so völlig verkehrt. Ich merkte, wie ich immer wütender wurde, je mehr ich darüber nachdachte.

Meine Schwester wollte noch im Kaufhaus am Bahnhof nach Schuhen gucken, und so ging ich allein zu unserer Wohnung zurück. Ich rief meine Freundin an. Sie war nicht da. Kein Wunder. An einem Sonntagnachmittag um zwei plötzlich ein Mädchen anzurufen und sich mit ihr verabreden zu wollen konnte nicht klappen. Ich legte den Hörer auf, blätterte in meinem Adreßbuch und wählte die Nummer eines anderen Mädchens. Eine Studentin, die ich irgendwo in einer Disco kennengelernt hatte. Sie war zu Hause. »Hast du nicht Lust, was trinken zu gehen?« fragte ich sie.

»Es ist erst zwei Uhr nachmittags«, sagte sie etwas gereizt.

»Das macht doch nichts. Wir trinken einfach, bis die Sonne untergeht«, sagte ich. »Ich kenne eine nette Bar, die für Sonnenuntergänge wie geschaffen ist. Man muß aber vor drei Uhr dort sein, sonst sind alle guten Plätze besetzt.«

»Angeber«, sagte sie.

Aber sie kam mit. Sie war zweifellos ein freundlicher Mensch. Ich holte sie mit dem Auto ab, und wir fuhren die Küste entlang bis kurz hinter Yokohama und gingen, wie versprochen, in eine Bar direkt am Meer. Ich trank vier Gläser I. W. Harper auf Eis und sie zwei Bananen-Daiquiri. Bananen-Daiquiri! Und wir sahen uns den Sonnenuntergang an.

»Kannst du mit so viel Alkohol noch Auto fahren?« fragte sie besorgt.

»Kein Problem«, antwortete ich. »Was Alkohol angeht, bin ich unter Par.«

»Unter was?«

»Ich werde erst normal, wenn ich vier Gläser getrunken habe. Mach dir keine Sorgen. Es ist schon in Ordnung.«

»Na großartig«, meinte sie.

Wir fuhren nach Yokohama zurück, aßen zu Abend und knutschten im Auto. Ich lud sie ein, mit mir ins Hotel zu kommen, aber sie sagte, es ginge nicht.

»Ich habe einen Tampon drin.«

»Dann nimm ihn doch raus.«

»Das meine ich ernst. Es ist erst der zweite Tag.«

Großartig, dachte ich. Was für ein Tag. Wenn ich das gewußt hätte, wäre ich lieber gleich mit meiner Freundin ausgegangen. Nur weil ich seit langem mal wieder einen ruhigen Tag mit meiner Schwester verbringen wollte, hatte ich keine Verabredung getroffen. Das hatte ich nun davon.

»Tut mir leid. Aber es ist die Wahrheit«, sagte das Mädchen.

»Kein Problem. Mach dir keine Gedanken. Ist ja nicht deine Schuld, sondern meine.«

»Wieso bist du an meinen Tagen schuld?« fragte das Mädchen irritiert.

»Nein. Ich meine an allem.« Blöde Frage. Wieso sollte ich daran schuld sein, daß irgendein Mädchen, das ich noch nicht einmal besonders gut kannte, ihre Tage hatte.

Ich brachte sie bis zu ihrem Haus in Setagaya. Während der Fahrt gab die Kupplung ein klapperndes Geräusch von sich, zwar nur leise, aber beunruhigend. Ich werde den Wagen wohl bald in die Reparaturwerkstatt bringen müssen, dachte ich seufzend. Es war einer dieser Tage, an denen, wenn eine Sache schieflief, alles andere auch gleich danebenging, wie bei einer Kettenreaktion.

»Darf ich dich bald mal wieder einladen?« fragte ich.

»Zum Ausgehen? Oder ins Hotel?«

»Beides«, sagte ich lächelnd. »Das gehört doch zusammen. Wie Zahnbürste und Zahnpasta.«

»Mag sein, ich werde darüber nachdenken«, sagte sie.

»Ja, tu das. Denken ist gut gegen Verkalkung«, sagte ich.

»Wie wäre es bei dir zu Hause? Ich kann dich ja mal besuchen.«

»Geht leider nicht. Ich wohne mit meiner Schwester zusammen, und wir haben eine Übereinkunft: Ich bringe keine Frauen mit, und sie bringt keine Männer mit.«

»Bist du sicher, daß das deine Schwester ist?«

»Ja, wirklich. Ich zeige dir das nächste Mal eine Kopie von unserem Anmeldeformular«, sagte ich.

Sie lachte.

Ich blickte ihr nach, wie sie im Torbogen ihres Hauses verschwand. Dann startete ich den Motor und fuhr nach Hause, wobei ich aufmerksam auf das Klappern der Kupplung horchte.

Die Zimmer unserer Wohnung waren vollkommen dunkel. Ich schloß die Tür auf, machte Licht und rief meine Schwester. Aber sie war nirgends zu sehen. Wo mochte sie wohl sein, um zehn Uhr abends? Ich suchte eine Weile nach der Abendzeitung, fand sie aber nicht. Logisch, es war ja Sonntag.

Ich holte mir ein Bier aus dem Eisschrank, nahm ein Glas und ging ins Wohnzimmer, schaltete die Stereoanlage ein und legte die neue Platte von Herbie Hancock auf den Plattenteller. Ich trank einen Schluck Bier und wartete auf die Musik. Doch kein Ton kam. Endlich fiel mir ein, daß die Stereoanlage seit drei Tagen kaputt war. Man konnte sie zwar einschalten, aber es kam kein Ton.

Aus dem gleichen Grund konnte ich auch nicht fernsehen. Der Ton des Fernsehempfängers lief nämlich über die Stereoanlage.

Da mir nichts anderes übrigblieb, starrte ich auf den stummen

Bildschirm und trank dabei mein Bier. Im Fernsehen lief ein alter Kriegsfilm. Rommels Panzerkolonnen rückten an der afrikanischen Front vor. Panzergeschütze feuerten lautlos Geschosse ab, Maschinengewehre ließen einen schweigenden Kugelhagel los, und Menschen starben, ohne einen einzigen Ton von sich zu geben.

Großartig, seufzte ich zum sechzehnten Mal an diesem Tag.

Ich und meine Schwester wohnten seit dem Frühling vor fünf Jahren zusammen. Ich war damals zweiundzwanzig, sie achtzehn. Ich hatte gerade die Universität abgeschlossen und fing in der Firma an, sie war gerade mit der Oberschule fertig und begann zu studieren. Unter der Bedingung, daß sie bei mir wohnte, hatten meine Eltern meiner Schwester erlaubt, in Tōkyō auf die Universität zu gehen. Für meine Schwester war das kein Problem, und ich war auch einverstanden. Unsere Eltern mieteten uns eine schöne große Wohnung mit zwei separaten Zimmern. Und ich übernahm die Hälfte der Miete.

Wie bereits gesagt, verstand ich mich gut mit meiner Schwester, und es war nicht weiter schwierig, mit ihr zusammenzuwohnen. Da ich in der Werbeabteilung eines Elektrogeräteherstellers tätig war, verließ ich morgens relativ spät das Haus und kam dafür abends erst spät zurück. Meine Schwester ging frühmorgens zur Universität und war im allgemeinen abends zu Hause. Wenn ich aufwachte, war sie bereits weg, und wenn ich zurückkam, schlief sie meist schon. Da ich überdies fast alle Samstage und Sonntage mit Freundinnen verbrachte, sprachen wir nur ein- oder zweimal in der Woche länger miteinander. Im Endeffekt war das nicht schlecht. Wir hatten keine Zeit zu streiten und redeten dem anderen nicht in seine Angelegenheiten hinein.

Wahrscheinlich hatte auch sie alle möglichen Verehrer, aber ich fragte nicht danach. Mit wem sie in ihrem Alter schlief, ging mich schließlich nichts an.

Nur einmal hielt ich mitten in der Nacht von eins bis drei ihre Hand. Ich war von der Arbeit nach Hause gekommen, und sie saß am Küchentisch und weinte. Die Tatsache, daß sie am Küchentisch weinte, mußte bedeuten, so vermutete ich, daß sie etwas von mir erwartete. Wenn sie allein sein wollte, hätte sie auf ihrem Bett weinen können. Vielleicht bin ich ein bornierter und egoistischer Mensch, aber soviel Menschenkenntnis habe ich doch.

Deswegen setzte ich mich neben sie und hielt die ganze Zeit ihre Hand. Seit unserer Grundschulzeit, als wir zusammen auf Libellenfang gegangen waren, hatte ich nicht mehr ihre Hand gehalten. Die Hand meiner Schwester war viel größer und fester, als ich sie in Erinnerung hatte.

Sie weinte zwei Stunden lang, reglos, ohne ein Wort zu sagen. Ich war beeindruckt, wie viele Tränen ein menschlicher Körper speichern konnte. Mein Körper wäre schon nach zwei Minuten ausgetrocknet gewesen.

Um drei jedoch wurde ich schließlich müde und beschloß, der Sache ein Ende zu machen. In solchen Fällen muß man als älterer Bruder eingreifen. Das ist zwar nicht gerade meine Stärke, aber es half nichts.

»Ich möchte mich auf keinen Fall in dein Leben einmischen«, sagte ich. »Es ist dein Leben, und du sollst es so leben, wie es dir gefällt.«

Meine Schwester nickte.

»Nur einen Rat möchte ich dir geben. Trag besser keine Kondome mehr in deiner Tasche herum. Man könnte dich für eine Hure halten.«

Bei diesen Worten nahm sie das Telefonbuch vom Tisch und feuerte es mit aller Wucht in meine Richtung.

»Was hast du in anderer Leute Taschen zu suchen?« schrie sie mich an. Meine Schwester schmeißt immer mit Sachen um sich, wenn sie wütend ist. Um sie nicht noch mehr anzustacheln, sagte ich daher nicht, daß ich noch nie in ihre Tasche geguckt hatte. Aber auf jeden Fall hörte sie auf zu weinen, und ich konnte mich ins Bett zurückziehen.

Auch nachdem meine Schwester die Universität beendet hatte und in einem Reisebüro arbeitete, änderte sich nichts an unserer Lebensweise. Sie hatte in ihrer Firma feste Arbeitszeiten von neun bis fünf, mein Lebensstil hingegen wurde immer lockerer. Irgendwann vor zwölf ging ich in die Firma, setzte mich an meinen Schreibtisch, las Zeitung und aß zu Mittag. Ungefähr um zwei begann ich dann schließlich ernsthaft zu arbeiten. Am Abend verabredete ich mich mit Leuten aus der Werbeagentur, ging mit ihnen was trinken und kam erst nach Mitternacht nach Hause.

In den Sommerferien ihres ersten Jahres beim Reisebüro flog meine Schwester mit zwei Freundinnen und einer Reisegruppe an die Westküste der USA (mit Rabatt natürlich). Sie freundete sich mit einem Computeringenieur an, einem aus der Reisegruppe, der ein Jahr älter war als sie. Zurück in Japan, ging sie häufig mit ihm aus. Nun, so etwas mag öfter vorkommen, aber mein Stil war das nicht. Ich kann Gruppenreisen sowieso nicht ausstehen, aber bei dem Gedanken, dort jemanden kennenzulernen, kommt es mir hoch.

Doch seit sie mit diesem Computeringenieur zusammen war, blühte meine Schwester auf. Sie erledigte ordentlich die Hausarbeit und achtete mehr auf ihre Kleidung. Bisher war sie eines von den Mädchen gewesen, die überallhin in verblichenen Blue Jeans, irgendeinem Hemd und Turnschuhen gingen. Dank ihres neuen Interesses für Kleidung jedoch füllte sich unser Schuhschrank mit Schuhen, und überall in der Wohnung flogen die Drahtbügel von der Reinigung rum. Sie wusch und bügelte ständig (während sich bisher ihre schmutzige Wäsche im Badezimmer getürmt hatte wie ein Ameisenhaufen am Amazonas) und kochte und putzte oft. Nach meinen wenigen Erfahrungen zu urteilen war dies ein gefährliches Zeichen. Wenn bei Mädchen solche Symptome auftraten, blieb den Männern nur noch sofortige Flucht oder Heirat.

Als nächstes zeigte mir meine Schwester Fotos von diesem Computeringenieur. Es war das erste Mal, daß sie mir Fotos von einem Mann zeigte. Auch das war ein gefährliches Zeichen.

Sie hatte zwei Fotos. Eins war am Fisherman's Wharf in San Francisco aufgenommen. Meine Schwester und dieser Computeringenieur standen lächelnd vor einem Schwertfisch.

»Toller Schwertfisch«, sagte ich.

»Mach nicht immer so blöde Witze«, sagte meine Schwester. »Ich meine es ernst.«

»Was soll ich denn sagen?«

»Du mußt gar nichts sagen. Das ist er jedenfalls.«

Ich nahm das Foto noch einmal in die Hand und sah mir das Gesicht des Mannes an. Wenn es eine Sorte Gesicht in der Welt gab, die mir auf den ersten Blick zuwider war, so war es diese. Außerdem hatte dieser Computerfritze die gleiche Ausstrahlung wie ein älterer Mitschüler in meiner Oberschulzeit, den ich auf den Tod nicht ausstehen konnte. Er war zwar hübsch, hatte aber nichts im Kopf und war furchtbar aufdringlich. Sein Gedächtnis war das eines Elefanten, er konnte sich den allerletzten Schrott bis in alle Ewigkeit merken. Er kompensierte mit seinem Gedächtnis seine Stupidität.

»Wie oft habt ihr es miteinander getrieben?« fragte ich sie.

»Red doch nicht so 'n dummes Zeug«, sagte sie, wurde aber trotzdem rot. »Hör auf, die Welt nach deinem Maß zu messen. Nicht alle Menschen sind so wie du.«

Das zweite Foto war nach ihrer Rückkehr in Japan aufgenommen. Es zeigte den Computeringenieur allein. Er hatte eine Ledermontur an und lehnte sich an ein großes Motorrad. Auf dem Sitz lag sein Helm. Er hatte exakt den gleichen Gesichtsausdruck wie auf dem Foto aus San Francisco. Vielleicht hatte er keine anderen Gesichter auf Lager.

»Er mag Motorräder«, sagte meine Schwester.

»Das sieht man«, sagte ich. »Jemand, der keine Motorräder mag, würde wohl kaum nur aus Spaß eine solche Montur tragen.«

Vielleicht war das ja nur ein Ausdruck meines bornierten Charakters, aber ich mochte Motorradtypen nicht. Ihre Kleidung kam mir übertrieben und angeberisch vor. Aber ich sagte nichts.

Schweigend gab ich ihr das Foto zurück.

»Also?« fragte ich.

»Also was?« fragte sie.

»Also, was habt ihr vor, meine ich.«

»Weiß ich nicht. Aber vielleicht werden wir heiraten.«

»Heißt das, er hat dir einen Heiratsantrag gemacht?«

»Na ja«, sagte sie. »Aber ich habe ihm noch keine Antwort gegeben.«

»Verstehe«, sagte ich.

»Ehrlich gesagt, habe ich gerade erst angefangen zu arbeiten und würde mich ganz gerne noch etwas allein amüsieren. Nicht so extrem wie du vielleicht.«

»Das ist eine gesunde Einstellung«, stimmte ich ihr zu.

»Aber er ist ein netter Mensch, und vielleicht sollte ich ihn doch heiraten«, sagte sie. »Schwer zu entscheiden.«

Ich nahm die Fotos vom Tisch und sah sie mir noch einmal an. Großartig, dachte ich.

Das war vor Weihnachten.

Kurz nach Neujahr rief mich dann eines Morgens um neun meine Mutter an. Ich putzte mir gerade zu Bruce Springsteens *Born in the U.S.A.* die Zähne.

Meine Mutter fragte, ob ich den Mann kenne, mit dem meine Schwester zusammen sei.

Ich sagte ihr, daß ich ihn nicht kenne.

Meine Mutter erzählte, daß sie von meiner Schwester einen Brief bekommen habe, in dem diese ihren Besuch mit diesem Mann für das übernächste Wochenende ankündigte.

»Wahrscheinlich wollen sie heiraten«, sagte ich.

»Darum will ich wissen, was das für ein Mensch ist«, sagte meine Mutter. »Ich möchte etwas über ihn wissen, bevor ich ihm begegne.«

»Also, ich habe ihn zwar noch nie getroffen, aber er ist Computeringenieur und ein Jahr älter als sie. Er arbeitet bei IBM oder so. Eine Firma mit drei Buchstaben jedenfalls. Vielleicht auch NEC oder NTT. Auf Fotos hat er ein gewöhnliches Gesicht. Nicht gerade mein Geschmack, aber ich muß ihn ja auch nicht heiraten.«

»Auf welcher Universität war er? Aus was für einer Familie stammt er?«

»Woher soll ich das wissen«, gab ich zurück.

»Kannst du dich nicht einmal mit ihm treffen und ihn ein bißchen aushorchen?« fragte meine Mutter.

»Unmöglich. Keine Zeit. Frag ihn doch in zwei Wochen selbst.«

Aber schließlich kam es doch zu einem Treffen mit diesem Computeringenieur. Meine Schwester bat mich, sie am kommenden Sonntag bei einem formellen Besuch bei seiner Familie zu begleiten. Ich zog mir also notgedrungen ein weißes Hemd, einen Schlips und meinen unauffälligsten Anzug an, und wir fuhren zu seinem Elternhaus in Meguro. Es war ein ziemlich edles Haus mitten in einer alten Wohngegend. Vor der Garage stand die 500er Honda, die ich auf dem Foto gesehen hatte.

»Toller Schwertfisch«, sagte ich.

»Ich bitte dich um eins«, sagte meine Schwester. »Laß deine blöden Witze. Nur heute, bitte.«

»Einverstanden«, sagte ich.

Seine Eltern waren sehr anständige – vielleicht zu anständige – vornehme Leute. Sein Vater bekleidete einen hohen Posten bei einer Erdölfirma. Da unser Vater eine Tankstellenkette in Shizuoka besaß, wäre eine Vermählung durchaus standesgemäß. Die Mutter servierte Tee auf einem eleganten Tablett.

Höflich stellte ich mich den Eltern vor und überreichte ihnen meine Visitenkarte. Der Vater überreichte mir die seine. Eigentlich sei es ja die Aufgabe meiner Eltern gewesen, hier zu erscheinen, sagte ich, aber da sie leider aufgrund dringender Geschäfte verhindert seien, sei ich an ihrer Statt gekommen. Wir hofften, daß sich bald eine neue Gelegenheit böte, die Familien, so wie es sich gehöre, miteinander bekannt zu machen.

Der Vater antwortete daraufhin, sein Sohn habe ihm zwar schon viel von meiner Schwester erzählt, aber jetzt, da er die junge Dame mit eigenen Augen sähe, müsse er feststellen, daß sie viel zu hübsch für seinen Sohn sei. Wie er wisse, seien wir eine angesehene Familie, und er seinerseits habe nichts gegen den Anlaß dieses Besuchs einzuwenden. Bestimmt hat er schon alle möglichen Nachforschungen angestellt, dachte ich. Aber daß sie bis sechzehn ihre Tage nicht bekommen hat und unter chronischer Verstopfung litt, wußte er nicht.

Als wir den formellen Teil der Unterhaltung ohne größere Fauxpas hinter uns gebracht hatten, schenkte mir der Vater einen Brandy ein. Es war ein ziemlich guter Brandy. Während wir tranken, unterhielten wir uns über unsere Berufe. Meine Schwester stieß mich mit der Spitze ihres Schuhs an, um mir zu signalisieren, nicht zuviel zu trinken.

Währenddessen saß der Computeringenieur die ganze Zeit, ohne ein Wort zu sagen, mit angespanntem Gesicht neben seinem Vater. Man begriff sofort, daß er zumindest zu Hause unter der Fuchtel seines Vaters stand. Sieh mal einer an, dachte ich. Er trug einen Pullover mit einem seltsamen Muster, wie es mir noch nie begegnet war, und darunter ein Hemd, dessen Farbe nicht zu der des Pullovers paßte. Hätte sie sich nicht einen etwas schmuckeren Mann aussuchen können?

Die Unterhaltung kam zu einem Ende, und da es bereits vier war, verabschiedeten wir uns. Der Computeringenieur begleitete uns bis zum Bahnhof.

»Wollen wir nicht noch irgendwo einen Tee trinken?« lud er mich und meine Schwester ein. Ich hatte zwar nicht das Bedürfnis, Tee zu trinken, und vor allem wollte ich nicht neben einem Mann mit einem so seltsam gemusterten Pullover sitzen, aber da es unhöflich gewesen wäre, seine Einladung auszuschlagen, gingen wir in ein Café in der Nähe.

Er und meine Schwester bestellten Kaffee, ich bestellte ein Bier, aber es gab kein Bier. Also trank ich auch Kaffee.

»Vielen Dank, daß Sie heute gekommen sind. Das war eine große Hilfe«, bedankte er sich bei mir.

»Aber nein, das war doch selbstverständlich«, sagte ich bescheiden. Ich hatte noch nicht einmal mehr die Energie, einen Scherz zu machen.

»Sie hat mir schon so oft von dir erzählt, Schwager.«

Schwager?

Ich kratzte mich mit dem Stiel des Kaffeelöffels am Ohrläppchen und legte ihn zurück auf den Teller. Meine Schwester gab mir erneut einen Tritt, aber die Bedeutung dieses Aktes schien an dem Computeringenieur vorbeizugehen. Vielleicht waren binäre Witze in seinem System noch nicht entwickelt.

»Beneidenswert, wie gut ihr euch versteht«, sagte er.

»Wir treten uns, wenn wir glücklich sind«, sagte ich.

Der Computeringenieur sah mich etwas verständnislos an.

»Das sollte ein Spaß sein«, sagte meine Schwester offensichtlich genervt, »mein Bruder liebt solche Späße.«

»Sollte nur ein Spaß sein«, sagte ich. »Wir haben die Hausarbeit zwischen uns aufgeteilt. Sie macht die Wäsche und ich die Scherze.«

Der Computeringenieur – sein richtiger Name war Noboru Watanabe – lächelte, als habe ihn dieser Scherz beruhigt.

»Es ist schön, fröhlich zu sein. Genau so stelle ich mir meine Familie vor. Fröhlichkeit ist das Allerwichtigste.«

»Hörst du«, sagte ich zu meiner Schwester. »Fröhlichkeit ist das Allerwichtigste. Du bist viel zu steif.«

»Nicht, wenn die Witze lustig sind«, sagte sie.

»Wenn's geht, möchten wir im Herbst heiraten«, sagte Noboru Watanabe.

»Hochzeiten im Herbst sind am schönsten«, sagte ich. »Da könnt ihr noch die Eichhörnchen und Bären zum Fest einladen.«

Der Computeringenieur lachte, meine Schwester nicht. Sie schien wirklich böse zu werden. Ich sagte, daß ich noch etwas zu erledigen habe, und verließ das Lokal.

Zurück in unserer Wohnung, rief ich meine Mutter an und erklärte ihr die ungefähre Lage.

»So schlimm ist er gar nicht«, sagte ich und kratzte mich dabei am Ohr.

»Was soll das heißen, so schlimm ist er gar nicht?« fragte meine Mutter.

»Es ist ein ernster Typ. Ernster als ich jedenfalls.«

»Aber du bist doch nicht ernst«, sagte meine Mutter.

»Wie froh ich bin, daß du das sagst, Mutter. Vielen Dank«, sagte ich und betrachtete derweil die Decke.

»Und auf welche Universität ist er gegangen?«

»Auf welche Universität?«

»Auf welcher Universität er seinen Abschluß gemacht hat?«

»Das mußt du ihn selbst fragen«, sagte ich und hängte auf. Dann holte ich mir ein Bier aus dem Eisschrank und trank es verärgert.

Am Tag nach dem Streit wegen der Spaghetti wachte ich morgens um halb neun auf. Es war strahlendes Wetter. Keine Wolke war am Himmel zu sehen, genau wie am Tag zuvor. Als ob Gestern einfach andauerte, dachte ich. Nach einer nächtlichen Halbzeitpause ging mein Leben wieder weiter.

Ich warf meinen naßgeschwitzten Schlafanzug und meine Unterwäsche in den Wäschekorb, duschte und rasierte mich. Beim Rasieren dachte ich an das Mädchen von letzter Nacht, die ich fast rumgekriegt hätte. Egal, dachte ich. Das war höhere Gewalt, ich hatte mein Bestes getan. Es wird noch genügend Gelegenheiten dazu geben. Vielleicht klappte es nächsten Sonntag.

Ich toastete mir in der Küche zwei Scheiben Brot und wärmte den Kaffee auf. Ich wollte das FM-Radioprogramm hören, aber mir fiel ein, daß die Anlage kaputt war. Statt dessen las ich die Rubrik mit den Buchrezensionen und knabberte dabei meinen Toast. Unter den besprochenen Büchern war nicht ein einziges, das mich zum Lesen animiert hätte. Es gab einen Roman »über das Sexualleben eines älteren Juden, in dem Phantasie und Wirklichkeit ineinander verwoben sind«, eine historische Betrachtung über die Therapiemöglichkeiten von Schizophrenie und einen ausführlichen Bericht über die Kupfervergiftung in Ashio – Bücher dieser Art. Da war es noch amüsanter, mit dem Kapitän eines Mädchen-Softball-Teams zu schlafen. Die Zeitung hatte diese Bücher wahrscheinlich nur ausgewählt, um ihre Leser zu ärgern.

Als ich die eine der beiden knusprigen Scheiben Toast verzehrt hatte und die Zeitung auf den Tisch zurücklegte, bemerkte ich, daß unter dem Marmeladengefäß ein Zettel klebte. Darauf stand in der kleinen Handschrift meiner Schwester, daß sie am kommenden Sonntag Noboru Watanabe zum Essen eingeladen habe und daß ich doch zu Hause sein und mit ihnen zusammen essen solle.

Ich beendete mein Frühstück, fegte die Brotkrumen von meinem

Hemd und stellte das Geschirr in den Abwasch. Dann rief ich im Reisebüro meiner Schwester an. Meine Schwester nahm den Hörer ab. »Ich bin gerade sehr beschäftigt. Ich rufe dich in zehn Minuten zurück«, sagte sie.

Zwanzig Minuten später rief sie an. Ich hatte in diesen zwanzig Minuten dreiundvierzig Liegestütze gemacht, mir die insgesamt zwanzig Nägel meiner Finger und Zehen geschnitten und mir ein Hemd, einen Schlips, ein Jackett und eine Hose zurechtgelegt. Ich hatte meine Zähne geputzt, meine Haare gekämmt und zweimal gegähnt.

»Hast du meine Nachricht gelesen?« fragte sie.

»Habe ich«, sagte ich. »Aber leider kann ich nicht. Ich habe für kommenden Sonntag schon eine Verabredung, sie ist schon lange ausgemacht. Hätte ich es etwas früher gewußt, hätte ich mir den Tag freigehalten. Tut mir wirklich leid.«

»Tu doch nicht so scheinheilig. Du hast dich doch sowieso nur wieder mit einem Mädchen verabredet, dessen Namen du noch nicht einmal genau weißt, um mit ihr irgendwo hinzugehen und irgendwas zu treiben«, sagte sie kühl. »Kannst du das nicht auf Samstag verlegen?«

»Samstag bin ich den ganzen Tag im Studio und drehe einen Werbefilm über elektrische Heizdecken. Wir haben momentan ziemlich viel zu tun.«

»Dann sag doch die Verabredung ab.«

»Sie wird Stornierungskosten verlangen«, sagte ich. »Wir stecken gerade in ziemlich heiklen Verhandlungen.«

»Und mein Fall ist wohl nicht heikel, was?«

»Das wollte ich damit nicht sagen«, antwortete ich, während ich den Schlips an das auf dem Stuhl hängende Hemd hielt. »Aber wir haben doch diese Vereinbarung, uns nicht in das Leben des anderen einzumischen, oder? Du ißt mit deinem Verlobten zu Abend – und ich verabrede mich mit meiner Freundin. In Ordnung?«

»Nein, nicht in Ordnung. Weißt du, wie lange es her ist, daß du ihn das letzte Mal getroffen hast? Du hast ihn überhaupt erst ein einziges Mal gesehen, und das ist schon vier Monate her. Das ist doch nicht in Ordnung. Mehrmals gab es die Gelegenheit, aber du bist immer ausgewichen. Findest du das nicht etwas unhöflich? Es handelt sich immerhin um den Verlobten deiner Schwester. Ein Mal wirst du doch mit uns zusammen essen können!«

Meine Schwester hatte recht mit dem, was sie sagte. Also schwieg ich. Tatsächlich hatte ich es fast unbewußt vermieden, mit Noboru Watanabe zusammenzutreffen. Noboru Watanabe und ich hatten nun mal nicht viele gemeinsame Gesprächsthemen, und immer nur Witze zu reißen, die meine Schwester dann dolmetschen mußte, war ein bißchen mühsam.

»Bitte, sag ja, nur dieses eine Mal. Ich verspreche dir auch, daß ich dich und dein Sexualleben dann den ganzen Sommer lang in Frieden lasse«, sagte sie.

»Meinem Sexualleben geht es momentan ziemlich schlecht«, sagte ich. »Vielleicht überlebt es den Sommer nicht.«

»Also bist du am Sonntag zu Hause, ja?«

»Es bleibt mir wohl nichts anderes übrig«, erwiderte ich resigniert.

»Vielleicht repariert er ja die Stereoanlage. Er ist sehr geschickt in so was.«

»Hat wohl geschickte Finger, was?«

»Denk doch nicht immer an solche Sachen«, sagte meine Schwester und hängte ein.

Ich band mir meinen Schlips um und ging in die Firma.

Die ganze Woche schien die Sonne. Jeder Tag war wie die Fortsetzung des vorherigen. Am Mittwoch abend rief ich meine Freundin an und sagte ihr, daß ich sie wahrscheinlich am Wochenende nicht treffen könne, da wir in der Firma soviel zu tun hätten. Wir hatten uns schon drei Wochen nicht mehr gesehen, und sie war verständlicherweise ungehalten. Ohne den Hörer zurückzulegen, rief ich bei der Studentin vom letzten Sonntag an, aber sie war nicht zu Hause. Auch am Donnerstag und am Freitag erreichte ich sie nicht.

Am Sonntagmorgen wurde ich um acht Uhr von meiner Schwester geweckt.

»Ich möchte die Laken waschen, bleib also nicht ewig im Bett«, sagte sie. Und schon riß sie die Bettlaken und den Kopfkissenbezug herunter und befahl mir, meinen Schlafanzug auszuziehen. Da es keinen Platz mehr für mich gab, ging ich ins Bad, duschte und rasierte mich. Sie wird unserer Mutter immer ähnlicher, dachte ich. Frauen sind wie Lachse. Zuletzt kehren sie alle an ihren Ursprung zurück.

Nach dem Duschen zog ich mir ein Paar kurze Hosen und ein verblichenes T-Shirt mit einer fast schon unleserlichen Aufschrift an, trank einen Orangensaft und gähnte dabei lange und ausgiebig. In meinem Blut befand sich noch ein wenig Alkohol vom Abend zuvor. Ich hatte noch nicht einmal Lust, die Sonntagszeitung aufzuschlagen. Anstelle eines Frühstücks knabberte ich drei oder vier Kräcker, die in einer Schachtel auf dem Tisch standen.

Meine Schwester stopfte die Laken in die Waschmaschine und räumte mein und ihr Zimmer auf. Dann fing sie an, den Boden und die Wände des Wohnzimmers und der Küche mit einem Wischlappen und Seife zu scheuern. Ich lag die ganze Zeit auf dem Wohnzimmersofa herum und sah mir die Pornofotos aus einer nicht retouchierten Ausgabe des *Hustler* an, die ein Freund aus Amerika geschickt hatte. Obwohl immer von »dem« weiblichen Genital die Rede ist, gibt es in Wirklichkeit ganz unterschiedliche Größen und Formen, so wie es auch verschieden große Menschen mit unterschiedlichen Intelligenzquotienten gibt.

»Kauf lieber ein, anstatt da herumzuhängen«, sagte meine Schwester und gab mir einen langen Einkaufszettel. »Und pack die Zeitschrift irgendwohin, wo man sie nicht sieht. Er ist ein anständiger Mann.«

Ich legte den *Hustler* auf den Tisch und betrachtete den Einkaufszettel. Salat, Tomaten, Sellerie, French Dressing, geräucherter Lachs, Senf, Zwiebeln, Suppenwürfel, Kartoffeln, Petersilie, drei Steaks ...

»Steaks?« fragte ich. »Ich habe erst gestern Steak gegessen. Ich habe keine Lust auf Steak. Kannst du nicht lieber Kroketten machen?«

»Vielleicht hast du gestern Steak gegessen. Wir nicht. Sei nicht so egoistisch. Man serviert im allgemeinen keine Kroketten, wenn Gäste zum Abendessen kommen, oder?«

»Wenn ich bei einem Mädchen eingeladen wäre und es gäbe Kroketten, wäre ich hingerissen. Dazu einen Berg feingeschnittenen Weißkohl, Miso-Suppe mit Shijimi-Muscheln – das nenne ich Lebenskunst.«

»Heute gibt es jedenfalls Steaks. Kroketten mache ich dir das nächste Mal, so viele bis du platzt, aber heute sei nett, reiß dich zusammen und iß Steak. Bitte.«

»Geht in Ordnung«, sagte ich versöhnlich.

Ich mag zwar an allem etwas auszusetzen haben, aber letztlich bin ich ein verständnisvoller, netter, freundlicher Mensch.

Ich ging zum Supermarkt und kaufte alles, was auf dem Zettel stand. Dann ging ich bei einem Sakeladen vorbei und kaufte einen Chablis für 4500 Yen. Der Chablis war mein Geschenk für das junge Paar. Nur ein freundlicher Mensch war zu so was in der Lage.

Als ich zurückkam, lagen ein blaues Ralph-Lauren-Polohemd und eine blitzsaubere beige Baumwollhose ordentlich gefaltet auf meinem Bett.

»Ziehst du das bitte an?« sagte meine Schwester.

Großartig, dachte ich, zog mich aber ohne zu murren um. Was ich auch gesagt hätte, meinen gewöhnlichen, gemütlichen, gammligen, friedlichen Sonntag hätte ich nicht zurückbekommen.

Noboru Watanabe kam um drei. Auf seinem Motorrad brauste er heran. Schon aus 500 Meter Entfernung war das unheilverkündende Putput des Auspuffs seiner 500er Honda zu hören. Als ich vom Balkon aus hinuntersah, stellte er gerade sein Motorrad neben den Eingang unseres Hauses und nahm seinen Helm ab. Glücklicherweise entsprach seine Kleidung heute, abgesehen von seinem Helm mit dem STP-Sticker, fast ganz der eines normalen Menschen. Zu einem karierten Button-down-Hemd, das etwas viel Stärke abbekommen hatte, trug er eine weite weiße Hose und braune Slipper mit Fransen. Nur die Farbe seiner Schuhe paßte nicht zu der seines Gürtels.

»Dein Freund von Fisherman's Wharf scheint da zu sein«, sagte ich zu meiner Schwester, die am Küchenausguss Kartoffeln schälte.

»Kannst du dich einen Moment um ihn kümmern? Ich bereite noch schnell das Abendessen vor«, sagte sie.

»Eigentlich habe ich keine Lust dazu. Worüber soll ich mit ihm reden? Ich mache in der Küche weiter, und du unterhältst dich mit ihm, ja?«

»Red keinen Unsinn. Wie sähe das aus! Sprich du mit ihm.«

Es klingelte, und als ich öffnete, stand Noboru Watanabe vor der Tür. Ich führte ihn ins Wohnzimmer und bat ihn, auf dem Sofa Platz zu nehmen. Er hatte eine Eispackung von Baskin Robbins' Thirty-one Flavors mitgebracht. Es kostete einige Mühe, diese in unser kleines und noch dazu mit Tiefkühlkost vollgestopftes Eisfach zu stopfen. Er war wirklich lästig. Warum mußte er sich gerade, bei all den Sachen, die er hätte mitbringen können, für Eis entscheiden?

Als nächstes fragte ich ihn, ob er ein Bier wolle. Er antwortete, er tränke nicht.

»Ich vertrage keinen Alkohol«, sagte er. »Schon nach einem Glas Bier wird mir schlecht.«

»Ich habe in meiner Studentenzeit mal mit Freunden gewettet und einen ganzen Eimer Bier getrunken«, sagte ich.

»Und was ist passiert?« fragte Noboru Watanabe.

»Zwei Tage lang roch meine Pisse nach Bier«, sagte ich, »und ich mußte dauernd rülpsen ...«

»Warum fragst du Noboru nicht, ob er sich in der Zwischenzeit mal deine Stereoanlage ansieht?« sagte meine Schwester, die mit zwei Gläsern Orangensaft hereingekommen war, als habe sie Verdacht geschöpft. Sie stellte die Gläser auf den Tisch.

»Gute Idee«, sagte er.

»Ich habe gehört, du hast geschickte Finger«, sagte ich.

»Das stimmt«, antwortete er ahnungslos. »Ich habe schon von klein auf gerne Plastikmodelle und Radios zusammengebaut. Immer, wenn etwas im Haus kaputt war, habe ich es repariert. Was ist an der Anlage kaputt?«

»Es kommt kein Ton«, sagte ich. Ich schaltete den Verstärker an und legte eine Platte auf, um ihm zu demonstrieren, daß nichts zu hören war.

Er hockte vor der Stereoanlage wie ein Mungo und überprüfte einen Schalter nach dem anderen.

»Es ist der Verstärker. Aber kein internes Problem.«

»Woher weißt du das?«

»Durch die induktive Methode«, sagte er.

Sieh mal einer an, die *induktive Methode*, dachte ich.

Dann zog er den kleinen Vorverstärker und den Endverstärker heraus, entfernte alle Verbindungskabel und untersuchte sorgfältig jedes einzelne davon. Ich holte mir derweil aus dem Eisschrank eine Dose Budweiser und trank es allein.

»Es muß lustig sein, wenn man Alkohol verträgt«, sagte er, während er die Spitze eines Drehbleistifts in einen Stecker bohrte.

»Ich weiß es eigentlich nicht«, sagte ich. »Ich trinke schon so lange, ich kann es gar nicht mehr sagen. Ich habe keinen Vergleich.«

»Ich übe auch ein bißchen.«

»Du übst zu trinken?«

»Ja«, sagte Noboru Watanabe. »Findest du das komisch?«

»Nein, gar nicht. Du solltest zuerst mit Weißwein anfangen. Tu etwas Weißwein und ein paar Eiswürfel in ein großes Glas und misch das Ganze mit Perrier und etwas ausgepreßter Zitrone. Ich trinke das manchmal anstelle von Saft.«

»Werde ich probieren«, sagte er. »Aha, also doch.«

»Was?«

»Es ist das Verbindungskabel zwischen Vor- und Endverstärker. Die Stecker sind auf beiden Seiten gebrochen. Diese Stecker sind in ihrer Bauart sehr anfällig für Erschütterungen. Aber sie sind auch billig hergestellt. Ist der Verstärker vielleicht in letzter Zeit etwas stärker bewegt worden?«

»Jetzt fällt es mir wieder ein«, sagte meine Schwester. »Ich habe ihn weggerückt, um dahinter sauberzumachen.«

»Da haben wir's«, sagte er.

»Es ist ein Produkt deiner Firma«, sagte meine Schwester zu mir. »Ich finde es unmöglich, so billige Stecker zu verwenden.«

»Ich habe ihn nicht gebaut. Ich mache nur die Reklame«, sagte ich leise.

»Wenn ihr einen Lötkolben habt, kann ich es sofort in Ordnung bringen«, sagte Noboru Watanabe. »Habt ihr einen?«

Ich verneinte. Was sollte man damit?

»Ich fahr schnell mit dem Motorrad und besorge einen. Einen Lötkolben zu besitzen kann sehr nützlich sein.«

»Ja, wahrscheinlich«, sagte ich kraftlos. »Aber ich habe keine Ahnung, wo ein Eisenwarenladen ist.«

»Ich aber. Ich bin auf dem Weg hierher an einem vorbeigekommen«, sagte Noboru Watanabe.

Ich sah wieder vom Balkon aus zu, wie Noboru Watanabe seinen Helm aufsetzte, sich aufs Motorrad schwang und davonfuhr.

»Er ist nett, oder?« fragte meine Schwester.

»Allerliebst«, sagte ich.

Vor fünf war Noboru Watanabe mit dem Reparieren der Stecker fertig. Er fragte, ob er etwas leichte Vokalmusik hören könne, und meine Schwester legte eine Platte von Julio Iglesias auf. *Julio Iglesias!* dachte ich. Großartig. Wie kam solche Maulwurfsscheiße in unser Haus?

»Was für Musik magst du, Schwager?« fragte mich Noboru Watanabe.

»Ich liebe Musik wie diese«, sagte ich verzweifelt. »Ich mag auch Bruce Springsteen, Jeff Beck oder die Doors.«

»Noch nie was von gehört«, sagte er. »Ist das so ähnlich?«

»Ziemlich ähnlich«, erwiderte ich.

Dann erzählte er mir von dem neuen Computersystem, das seine Projektgruppe gerade entwickelte. Mit diesem System konnte man im Falle eines Eisenbahnunglücks sofort ein Diagramm erstellen, um die Züge möglichst effizient umzuleiten. Dieses System schien in der Tat äußerst nützlich zu sein, das Prinzip blieb mir jedoch genauso rätselhaft wie die Konjugation finnischer Verben. Während er voller Begeisterung davon erzählte, nickte ich ab und zu an passenden Stellen und dachte die ganze Zeit an Frauen. Ich dachte darüber nach, mit wem ich an meinem nächsten freien Tag in welcher Bar etwas trinken gehen würde, wo wir essen würden und in welches Hotel wir gehen würden. Meine Vorliebe für diese Dinge war bestimmt angeboren. So wie es Männer gab, die Spaß daran hatten, Plastikmodelle zu bauen und Eisenbahndiagramme zu erstellen, genoß ich es, mit verschiedenen Mädchen zu trinken und mit ihnen zu schlafen. Es war ohne Zweifel eine Art Prädestination, die das menschliche Bewußtsein überstieg.

Als ich mein viertes Bier getrunken hatte, war das Abendessen fertig. Es gab geräucherten Lachs, Vichy-Sauce, Steak, Salat und Bratkartoffeln. Wie immer, wenn meine Schwester kochte, schmeckte das Essen vorzüglich. Ich öffnete den Chablis und trank ihn allein.

Während er mit dem Messer sein Filetsteak zerteilte, fragte mich Noboru Watanabe: »Warum hast du eigentlich den Job bei der Elektrogerätefirma angenommen? Soweit ich sehe, interessierst du dich nicht besonders für elektrische Geräte.«

»Er interessiert sich für fast gar nichts, was nützlich oder sozial sein könnte«, sagte meine Schwester. »Er hätte jeden Job angenommen. Zufällig hatte er in dieser Firma Beziehungen und ist deswegen dort gelandet.«

»Genauso war es«, stimmte ich energisch zu.

»Er denkt nur daran, sich zu amüsieren. Sich ernsthaft einer Sache zu widmen oder nach irgend etwas zu streben kommt ihm nicht in den Sinn.«

»Wie die Grille im Sommer«, sagte ich.

»Und über Leute, die versuchen, ihr Leben in die Hand zu nehmen, macht er sich lustig.«

»Das stimmt nicht«, warf ich ein. »Was andere Leute machen und was ich mache, hat nichts miteinander zu tun. Ich konsumiere lediglich die meinem Denken entsprechende Menge an Kalorien. Was andere Leute machen, geht mich nichts an. Und ich mache mich auch nicht über sie lustig. Vielleicht bin ich ein wertloser Mensch, aber zumindest störe ich niemanden.«

»Du bist nicht wertlos«, sagte Noboru Watanabe fast reflexartig. Man konnte merken, daß er gut erzogen war.

»Vielen Dank«, sagte ich und hob das Glas. »Und herzlichen Glückwunsch zu eurer Verlobung. Entschuldigt, daß ich allein auf euch trinke.«

»Die Trauung soll im Oktober sein«, sagte Noboru Watanabe.

»Zu spät, um Eichhörnchen und Bären einzuladen.«

»Macht euch darüber keine Sorgen«, sagte ich. Kaum zu glauben, er machte Witze. »Apropos, wohin soll denn die Hochzeitsreise gehen? Ihr kriegt doch bestimmt Rabatt, oder?«

»Hawaii«, antwortete meine Schwester kurz.

Dann sprachen wir über Flugzeuge. Ich kam darauf, weil ich gerade ein paar Bücher über den Flugzeugabsturz in den Anden gelesen hatte.

»Wenn sie Menschenfleisch aßen, legten sie es auf eins der geborstenen Duraluminteile des Flugzeugs und grillten es in der Sonne«, erzählte ich.

»Warum mußt du bei Tisch so geschmacklose Geschichten erzählen?« Meine Schwester hatte zu essen aufgehört und sah mich an. »Erzählst du solche Geschichten auch beim Essen, wenn du eins deiner Mädchen verführen willst?«

»Hast du noch nie daran gedacht zu heiraten?« intervenierte Noboru Watanabe. Meine Schwester und ich benahmen uns wie ein streitsüchtiges Ehepaar, das einen Gast zu Besuch hatte.

»Ich hatte bis jetzt noch keine Chance«, sagte ich, während ich mir eine Bratkartoffel in den Mund schob. »Erst mußte ich auf meine kleine Schwester aufpassen, und dann kam der lange Krieg.«

»Krieg?« fragte Noboru Watanabe überrascht. »Was für ein Krieg?«

»Nur wieder einer seiner blöden Witze«, sagte meine Schwester und schüttelte die Flasche mit dem Dressing.

»Nur wieder einer meiner blöden Witze«, sagte ich. »Aber daß ich bis jetzt keine Chance hatte, ist kein Witz. Da ich einen borniertten Charakter habe und so gut wie nie meine Socken wasche, habe ich bis jetzt noch kein nettes Mädchen gefunden, das bereit ist, ihr Leben mit mir zu teilen. Im Gegensatz zu dir.«

»Ist etwas mit deinen Socken?« fragte Noboru Watanabe.

»Das ist ebenfalls ein Witz«, erklärte meine Schwester müde. »Und seine Socken wasche ich jeden Tag.«

Noboru Watanabe nickte und lächelte für circa eineinhalb Sekunden. Nächstes Mal werde ich ihn drei Sekunden lang zum Lächeln bringen, beschloß ich.

»Aber sie hat doch die ganze Zeit ihr Leben mit dir geteilt?« sagte er und zeigte auf meine Schwester.

»Das ist ja meine Schwester«, sagte ich.

»Und das geht auch nur, weil du tust, wozu du Lust hast, und ich kein Wort dazu sage. Aber ein *wirkliches* Leben ist anders. Ein *wirklich erwachsenes* Leben, meine ich. In einem wirklichen Leben sind die Partner aufrichtig zueinander. Trotzdem haben mir die fünf Jahre mit dir natürlich Spaß gemacht. Ich fühlte mich frei und unbeschwert. In letzter Zeit aber habe ich oft denken müssen, daß dies kein richtiges Leben ist. Ich meine, ich spüre keine Essenz. Du denkst immer nur an dich, und wenn ich mal über etwas Ernstes mit dir reden will, machst du immer nur Witze.«

»Ich bin nun mal schüchtern«, sagte ich.

»Nein, du bist arrogant«, sagte meine Schwester.

»Ich bin schüchtern und arrogant«, erklärte ich zu Noboru Watanabe gewandt und schenkte mir ein weiteres Glas Wein ein. »Zwischen schüchtern und arrogant leite ich die Züge um.«

»Ich glaube, ich weiß, was du meinst«, sagte Noboru Watanabe und nickte. »Aber wenn du allein wohnst – also wenn wir geheiratet haben –, vielleicht bekommst du dann ja auch Lust zu heiraten, meinst du nicht?«

»Kann sein«, sagte ich.

»Stimmt das?« fragte meine Schwester. »Wenn du wirklich heiraten willst, würde ich dir gern eine sehr nette Freundin von mir vorstellen.«

»Laß uns darüber reden, wenn es soweit ist«, sagte ich. »Jetzt ist es noch zu gefährlich.«

Nach dem Abendessen setzten wir uns ins Wohnzimmer und tranken Kaffee. Meine Schwester legte eine Platte von Willie Nelson auf. Immerhin etwas besser als Julio Iglesias.

»Eigentlich hatte ich nicht vor zu heiraten, bis ich fast dreißig bin – genau wie du«, gestand mir Noboru Watanabe, als meine Schwester in der Küche abwusch.

»Aber seit ich sie kennengelernt habe, denke ich nur noch daran, sie zu heiraten.«

»Sie ist ein nettes Mädchen«, sagte ich. »Etwas starrköpfig und verstopft vielleicht, aber du hast keine schlechte Wahl getroffen.«

»Aber irgendwie macht Heiraten auch Angst, findest du nicht?«

»Wenn du immer nur die guten Seiten siehst und positiv denkst, gibt es keinen Grund, Angst zu haben. Wenn etwas Schlimmes passiert, kannst du immer noch darüber nachdenken.«

»Vielleicht hast du recht.«

»Wenn es um Ratschläge für andere geht, vielleicht«, sagte ich. Dann ging ich zu meiner Schwester in die Küche und sagte ihr, daß ich noch einen kleinen Spaziergang machen wolle.

»Vor zehn komme ich nicht zurück, ihr könnt euch also in aller Ruhe vergnügen. Die Betten sind ja frisch bezogen.«

»Du denkst auch immer nur daran«, sagte meine Schwester genervt, aber sie hatte nichts dagegen einzuwenden, daß ich fortging.

Ich kehrte zurück zu Noboru Watanabe und sagte ihm, daß ich etwas in der Nachbarschaft zu erledigen hätte und vielleicht erst spät nach Hause käme.

»Schön, daß wir uns unterhalten konnten. Es hat mir großen Spaß gemacht«, sagte Noboru Watanabe. »Komm uns doch öfter mal besuchen, wenn wir verheiratet sind.«

»Vielen Dank«, sagte ich unter kurzfristiger Ausblendung meiner Einbildungskraft.

»Und fahr nicht mit dem Auto. Du hast heute abend ziemlich viel getrunken«, rief mir meine Schwester nach.

»Ich gehe zu Fuß«, sagte ich.

Es war kurz vor acht, als ich eine Bar in der Nähe betrat. Ich setzte mich an den Tresen und trank einen I. W. Harper auf Eis. Im Fernseher über dem Tresen wurde das Spiel der Giants gegen Yakult übertragen. Der Ton war allerdings abgedreht, und anstelle dessen lief eine Platte von Cyndi Lauper. Als Pitcher spielten Nishimoto und Obana, und es stand drei zu zwei für Yakult. Fernsehen ohne Ton ist gar nicht schlecht, dachte ich.

Während ich dem Baseballspiel zusah, trank ich drei Whiskey auf Eis. Um neun, beim Stand von drei zu drei in der siebten Runde, brach die Übertragung ab, und der Fernseher wurde ausgeschaltet. Zwei Plätze weiter saß ein Mädchen um die zwanzig, das ich schon vorher ein paarmal in dem Laden gesehen hatte. Sie hatte sich ebenfalls das Spiel angesehen, und ich sprach sie deshalb nach dem Ende der Übertragung auf Baseball an. Sie sei ein Giants-Fan, sagte sie und fragte mich, welches Team ich favorisiere. Mir sei das egal, antwortete ich, ich sähe mir einfach gern die Spiele an.

»Was macht denn daran Spaß?« fragte sie. »Dann kannst du dich doch gar nicht richtig begeistern.«

»Ich brauche mich nicht zu begeistern«, antwortete ich. »Es spielen sowieso die anderen.«

Ich trank noch zwei Whiskey auf Eis und spendierte ihr zwei Daiquiri. Sie studierte Werbegraphik an einer Kunsthochschule, und wir unterhielten uns über Kunst in der Werbung. Um zehn verließen wir die Bar und zogen in eine andere mit etwas bequemeren Stühlen. Ich trank noch einen Whiskey und sie einen Grashopper. Sie war ziemlich betrunken und ich auch. Um elf begleitete ich sie zu ihrer Wohnung, und wir schliefen zusammen, als wäre das völlig selbstverständlich. So, als böte man jemandem ein Sitzkissen und einen Tee an.

»Mach das Licht aus«, sagte sie. Ich schaltete das Licht aus. Durchs Fenster schien eine große Nikon-Reklame, und aus der Nachbarwohnung hörte man laut die Fernsehnachrichten vom Profi-Baseball. Es war dunkel, ich war betrunken und hatte keine Ahnung, was ich da eigentlich tat. Sex konnte man das nicht nennen. Ich bewegte bloß meinen Penis hin und her und setzte ein paar Spermien frei.

Nachdem wir den reichlich verkürzten Akt hinter uns gebracht hatten, schlief sie sofort ein, als hätte sie es kaum erwarten können. Ohne das Sperma richtig abzuwischen, zog ich mich an und verließ das Zimmer. Am schwierigsten war es, in der Dunkelheit meine Hosen, mein Poloshirt und meine Unterhosen zwischen ihren Sachen herauszufischen.

Draußen durchfuhr mich die Trunkenheit wie ein Güterzug die Nacht. Ich fühlte mich hundsmiserabel. Mein Körper quietschte wie der des Blechmanns in *The Wizard of Oz*. Um nüchtern zu werden, zog ich mir aus einem Getränkeautomaten eine Dose Saft, doch kaum hatte ich sie getrunken, kotzte ich auch schon den gesamten Inhalt meines Magens – die Überreste von Steak, geräuchertem Lachs, Salat und Tomaten – auf die Straße.

Großartig, dachte ich. Wie viele Jahre war es her, daß ich so betrunken war, daß ich kotzen mußte? Was machte ich bloß in letzter Zeit? Alles wiederholte sich, aber jedesmal schien es schlimmer zu werden.

Mir fielen ohne jeden logischen Zusammenhang Noboru Watanabe und sein Lötkolben ein.

»Einen Lötkolben zu besitzen kann sehr nützlich sein«, hatte Noboru Watanabe gesagt.

Eine gesunde Einstellung, dachte ich, während ich mir den Mund mit einem Taschentuch abwischte. Dir haben wir es zu verdanken, daß wir nun auch einen Lötkolben im Haus haben. Und wegen dieses Lötkolbens fühle ich mich dort nicht mehr zu Hause.

Vielleicht liegt das aber auch an meinem borniertem Charakter.

Erst nach Mitternacht kam ich nach Hause zurück. Das Motorrad stand natürlich nicht mehr neben dem Eingang. Ich fuhr mit dem Fahrstuhl in den dritten Stock, schloß die Tür auf und trat ein. Nur die kleine Neonröhre über dem Ausguss in der Küche brannte noch, sonst war alles dunkel. Meine Schwester war es wahrscheinlich leid gewesen zu warten und schon ins Bett gegangen. Verständlich.

Ich goß mir ein Glas Orangensaft ein und trank es in einem Zug leer. Dann ging ich unter die Dusche und wusch mir mit viel Seife den widerlich riechenden Schweiß vom Körper und putzte mir ordentlich die Zähne. Als ich nach dem Duschen in den Spiegel über dem Waschbecken sah, blickte mir ein Gesicht entgegen, das sogar mir einen Schauer über den Rücken jagte. Es war das Gesicht eines jener Männer in mittleren Jahren, wie ich sie manchmal betrunken und verdreckt im letzten Zug sitzen sah. Die Haut war grob, die Augen waren eingefallen und das Haar war ohne jeden Glanz.

Ich schüttelte den Kopf, schaltete das Licht über dem Waschbecken aus und ging, nur das Badehandtuch um die Hüften gewickelt, in die Küche und trank etwas Leitungswasser. Morgen wird es schon irgendwie wieder werden, dachte ich. Und wenn nicht, denke ich morgen darüber nach. Das Leben geht weiter. Obladi oblada.

»Du kommst ziemlich spät«, hörte ich die Stimme meiner Schwester aus der Dunkelheit. Sie saß alleine im Wohnzimmer auf dem Sofa und trank ein Bier.

»Ich habe was getrunken.«

»Du trinkst zuviel.«

»Ich weiß«, sagte ich. Ich holte eine Dose Bier aus dem Eisschrank und setzte mich meiner Schwester gegenüber.

Eine Weile lang sagten wir nichts und tranken nur ab und zu aus unseren Bierdosen. In den Blumentöpfen auf dem Balkon bewegten sich die Blätter im Wind. Dahinter stand verschwommen der halbrunde Mond.

»Nur damit du es weißt, wir haben es nicht gemacht«, sagte meine Schwester.

»Was?«

»Was auch immer. Irgendwas ging mir auf die Nerven, ich konnte einfach nicht.«

»Hm«, sagte ich. Aus irgendeinem Grund verschlägt es mir in Halbmondnächten immer die Sprache.

»Willst du nicht fragen, was mir auf die Nerven geht?« fragte meine Schwester.

»Was geht dir auf die Nerven?« fragte ich.

»Diese Wohnung. Diese Wohnung geht mir auf die Nerven. Ich kann es hier einfach nicht.«

»Hm«, sagte ich.

»He, was ist los mit dir? Geht es dir nicht gut?«

»Ich bin müde«, sagte ich. »Sogar ich werde manchmal müde.«

Meine Schwester schwieg und sah mich an. Ich trank meinen letzten Schluck Bier, legte den Kopf auf die Lehne und schloß die Augen.

»Liegt es an uns, daß du müde bist?« fragte sie.

»Nein«, sagte ich mit geschlossenen Augen.

»Bist du zu müde, um zu reden?« fragte meine Schwester leise.

Ich richtete mich auf und sah sie an. Ich schüttelte den Kopf.

»War ich heute vielleicht gemein zu dir? Habe ich etwas gesagt über dich oder über dein Leben …?«

»Nein«, sagte ich.

»Wirklich?«

»Alles, was du sagst, stimmt genau. Mach dir keine Gedanken. Aber was ist, warum beschäftigt dich das plötzlich?«

»Seit er weg ist, habe ich die ganze Zeit hier auf dich gewartet, und auf einmal hatte ich Angst, daß ich dich verletzt haben könnte.«

Ich holte noch zwei Dosen Bier aus dem Eisschrank, schaltete die Stereoanlage ein und legte leise eine Platte vom Richie Beirach Trio auf. Immer, wenn ich nachts betrunken nach Hause komme, höre ich diese Platte.

»Du bist bestimmt nur etwas durcheinander«, sagte ich. »Immerhin verändert sich ja ziemlich viel in deinem Leben, deswegen. Es ist so, als veränderte sich der Luftdruck plötzlich. Ich bin auch etwas durcheinander, auf meine Art.«

Sie nickte.

»Habe ich dich verletzt?«

»Jeder verletzt irgend jemanden«, sagte ich. »Aber falls du mich dafür auserkoren hast, so war diese Wahl durchaus richtig. Mach dir keine Gedanken.«

»Manchmal habe ich irgendwie richtig Angst vor dem, was kommt«, sagte meine Schwester.

»Wenn du immer nur die guten Seiten siehst und positiv denkst, gibt es keinen Grund, Angst zu haben. Wenn etwas Schlimmes passiert, kannst du immer noch darüber nachdenken.« Es war der gleiche Satz, den ich auch schon zu Noboru Watanabe gesagt hatte.

»Aber ob es wirklich gutgehen wird?«

»Wenn es nicht gutgeht, kannst du immer noch darüber nachdenken.«

Meine Schwester kicherte. »Du bist wirklich ein komischer Mensch, genau wie früher«, sagte sie.

»Darf ich dich etwas fragen?« Ich zog den Verschlußring von der Bierdose.

»Sicher.«

»Mit wie vielen Männern hast du vor ihm geschlafen?«

Sie zögerte etwas und hob dann zwei Finger. »Mit zweien.«

»Einer war genauso alt wie du, und einer war schon etwas älter, stimmt's?«

»Woher weißt du das?«

»Es ist ein Muster«, sagte ich und trank noch einen Schluck Bier.

»Ganz umsonst habe ich mich ja nun auch nicht amüsiert. Soviel weiß ich zumindest.«

»Das heißt, ich bin Standard?«

»Sagen wir eher, du bist gesund.«

»Mit wie vielen Mädchen hast du geschlafen?«

»Sechsundzwanzig«, sagte ich. »Vor kurzem habe ich sie gezählt. An sechsundzwanzig erinnere ich mich. Vielleicht gibt es noch etwa zehn, an die ich mich nicht mehr erinnere. Ich führe schließlich kein Tagebuch.«

»Warum schläfst du mit so vielen Mädchen?«

»Weiß ich auch nicht«, sagte ich offen. »Irgendwann muß ich wahrscheinlich damit aufhören, aber ich finde irgendwie nicht den Punkt.«

Dann schwiegen wir eine Weile und hingen jeder seinen Gedanken nach. Irgendwo in der Ferne war der Auspuff eines Motorrads zu hören, aber es konnte unmöglich das von Noboru Watanabe sein. Es war schon ein Uhr.

»Was denkst du über ihn?«

»Über Noboru Watanabe?«

»Ja.«

»Er ist kein schlechter Kerl. Er ist nicht gerade mein Typ, und außerdem hat er einen etwas komischen Geschmack, was Kleidung angeht«, sagte ich nach kurzer Überlegung. »Aber einen wie ihn in der Familie zu haben ist nicht schlecht.«

»Finde ich auch. Ich mag dich zwar wirklich sehr sehr gerne, aber wenn alle Menschen so wären wie du, wäre das wahrscheinlich eine Katastrophe.«

»Wahrscheinlich«, sagte ich.

Wir tranken unser restliches Bier und gingen jeder in sein Zimmer. Die Laken waren frisch und sauber und ohne Falten. Ich streckte mich darauf aus und betrachtete durch die Vorhänge hindurch den

Mond. Wohin treibt es uns eigentlich, dachte ich. Aber ich war zu müde, um mir darüber tiefgründigere Gedanken zu machen. Als ich die Augen schloß, senkte sich der Schlaf lautlos wie ein dunkles Netz über mich.

Das Fenster

Sehr geehrte Dame, mit jedem Tag schwindet die winterliche Kälte, und in jedem Sonnenstrahl kündigt sich der zarte Duft des Frühlings an. Ich hoffe, es geht Ihnen gut.

Ihren letzten Brief habe ich mit Vergnügen gelesen. Besonders die Passage über das Verhältnis zwischen Hamburger Steaks und Muskatnuß war recht gut und mit viel Sinn für das tägliche Leben geschrieben. Mir stiegen die warmen Küchendüfte förmlich in die Nase, und ich glaubte zu hören, wie das Messer die Zwiebeln zerhackte. Eine einzige Stelle dieser Art verleiht einem Brief bereits Lebendigkeit.

Beim Lesen Ihres Briefes überkam mich ein solcher Heißhunger auf Hamburger Steaks, daß ich noch am selben Abend in ein Restaurant um die Ecke ging und ein Hamburger Steak bestellte. Zu meiner Überraschung bot dieses Restaurant acht verschiedene Sorten Hamburger Steak an. Es gab Steak auf texanische Art, auf kalifornische Art, auf hawaiische Art, auf japanische Art und auf noch andere Arten. Texanische Art bedeutet besonders groß. Das ist alles. Wenn die Texaner das wüßten, wären sie sicher erstaunt. Das Steak auf hawaiische Art ist mit Ananasscheiben garniert. Kalifornische Art ... habe ich wieder vergessen. Bei der japanischen Art ist geriebener Rettich dabei. Der Laden ist schick eingerichtet, die Kellnerinnen sind alle hübsch und tragen sehr kurze Röcke.

Aber ich bin nicht dorthin gegangen, um Studien über die Inneneinrichtung des Restaurants zu betreiben oder die Beine der Bedienung zu betrachten. Ich ging einzig und allein dorthin, um ein Hamburger Steak zu essen, und zwar ein ganz normales Hamburger Steak, ohne irgendeine Art.

Ich sagte der Kellnerin, daß ich ein ganz normales Hamburger Steak essen wolle.

Die Kellnerin antwortete, es täte ihr sehr leid, aber ich könne in diesem Restaurant nur Steaks auf diese oder jene Art essen.

Natürlich war das nicht die Schuld der Kellnerin. Nicht sie bestimmte die Speisekarte, und sie trug auch gewiß nicht freiwillig diese Uniform, die jedesmal, wenn sie das Geschirr abräumte, einen Blick auf ihre Schenkel gewährte. Deswegen lächelte ich freundlich und bestellte ein Hamburger Steak auf hawaiische Art. Ich könne ja die Ananas zur Seite legen, erklärte sie mir.

Die Welt ist sonderbar. Obwohl ich lediglich ein ganz normales Hamburger Steak möchte, ist dies in gewissen Momenten nur in Form eines Hamburger Steaks auf hawaiische Art möglich, von dem man die Ananas entfernt.

Bei dem von Ihnen zubereiteten Hamburger Steak handelt es sich doch wohl um ein ganz normales Hamburger Steak, oder? Beim Lesen Ihres Briefes bekam ich jedenfalls richtig Lust auf ein von Ihnen zubereitetes ganz normales Hamburger Steak.

Im Gegensatz dazu hatte ich bei der Stelle über die Fahrkartenautomaten der staatlichen Eisenbahn den Eindruck, sie sei etwas zu oberflächlich. Ihr Ansatz ist zwar interessant, aber die Szenerie wird dem Leser nicht richtig begreiflich. Versuchen Sie bitte nicht, irgendwie scharfsinnig zu sein. Ein Text ist letztlich ein Ersatz.

Insgesamt möchte ich Ihren neuesten Brief mit 70 Punkten bewerten. Langsam, aber sicher verbessert sich Ihr schriftlicher Ausdruck. Bitte werden Sie nicht ungeduldig und bemühen Sie sich weiter. Ich freue mich schon auf Ihren nächsten Brief. Wie schön wäre es, wenn es bald Frühling würde.

Tōkyō, den 12. März

PS. Vielen Dank für die Keksschachtel. Die Kekse waren delikat. Da die Bestimmungen unserer Firma jedoch jedweden persönlichen Verkehr außerhalb von Briefen untersagen, bitte ich Sie, von weiteren Freundlichkeiten dieser Art abzusehen. Haben Sie trotzdem vielen Dank.

Ich behielt diesen Job etwa ein Jahr. Damals war ich zweiundzwanzig.

Ich hatte einen Vertrag mit einer seltsamen kleinen Firma in Iidabashi namens »Pen Society« geschlossen und schrieb jeden Monat über dreißig solcher Briefe. Für jeden dieser Briefe erhielt ich 2000 Yen.

»Lernen auch Sie Briefe schreiben, die zu Herzen gehen«, hieß der Slogan dieser Firma. Neue Mitglieder zahlten eine einmalige Aufnahmegebühr und einen monatlichen Beitrag, dafür konnten sie jeden Monat vier Briefe an die Pen Society schicken. Im Gegenzug korrigierten wir Pen Master die Briefe und schrieben Antworten wie die oben zitierte, in denen wir unsere Eindrücke wiedergaben und Verbesserungsvorschläge machten. Ich war im Studentenbüro der Literaturfakultät auf den Aushang der Firma gestoßen, in dem sie junge Leute für diese Tätigkeit warb, und hatte mich für ein Bewerbungsgespräch gemeldet. Aufgrund verschiedener Umstände hatte ich mich damals gerade dazu entschlossen, mein Studium um ein Jahr zu verlängern. Meine Eltern hatten mir mitgeteilt, daß sie im Falle eines zusätzlichen Studienjahres die monatlichen Zuwendungen das nächste Jahr kürzen würden. Das zwang mich, meinen Lebensunterhalt selbst zu verdienen. Ich ging also zu dem Bewerbungsgespräch, schrieb ein paar Aufsätze und wurde eine Woche später eingestellt. In der folgenden Woche wurde ich von einem Dozenten über die Kunst der Korrektur, das Know-how des Anleitens und über verschiedene Vorschriften unterrichtet. Es war nicht besonders schwer.

Den weiblichen Mitgliedern wurden männliche, den männlichen Mitgliedern weibliche Pen Master zugeteilt. Ich war für insgesamt vierundzwanzig Mitglieder verantwortlich, deren Alter von vierzehn bis dreiundfünfzig reichte. Das Durchschnittsalter lag zwischen fünfundzwanzig und fünfunddreißig, der Großteil der Frauen war also älter als ich. Den ersten Monat verwirrte mich das sehr. Die meisten Mitglieder verfügten über einen viel elaborierteren Stil und waren viel erfahrener im Briefeschreiben als ich. Ehrlich gesagt, hatte ich bis dahin kaum ernsthafte Briefe verfaßt. Blut und Wasser schwitzend, brachte ich irgendwie den ersten Monat herum. Ich war darauf gefaßt, daß einige Mitglieder nach einem neuen Pen Master verlangen würden – ein Recht, das den Mitgliedern laut Firmenstatut zugebilligt wurde.

Aber nach Ablauf eines Monats hatte kein einziges Mitglied Unzufriedenheit über meine stilistischen Fähigkeiten geäußert. Im Gegenteil, der Geschäftsinhaber teilte mir mit, daß ich außerordentlich beliebt sei. Nach drei Monaten schien sich die Ausdrucksfähigkeit meiner Mitglieder aufgrund meiner Anleitung sogar verbessert zu haben. Es war sonderbar. Die Frauen schienen mir als Lehrer tiefes Vertrauen entgegenzubringen. Infolgedessen gelang es mir, meine Briefkommentare von nun an viel unbeschwerter und lockerer zu formulieren.

Wenn ich jetzt darüber nachdenke, weiß ich, daß diese Frauen (beziehungsweise Männer) alle sehr einsam waren. Sie wollten nur sich jemandem in einem Brief mitteilen. Doch es fehlten ihnen – eine Tatsache, die mir damals unglaublich erschien – Freunde oder Bekannte, an die sie diese Briefe richten konnten. Sie waren nicht der Typ, der Briefe an Diskjockeys vom Radio schickte. Sie suchten eine persönlichere Form. Auch wenn diese die Gestalt von Korrekturen und Kommentaren annahm.

So verbrachte ich also einen Teil meiner frühen Zwanziger wie ein Seehund auf dem Trockenen in einem Harem lauer Briefe.

Unter den Briefen, die mir die Mitglieder schickten, gab es alle möglichen Sorten. Es gab langweilige Briefe, lustige Briefe und traurige Briefe. Dies ist jetzt alles schon lange her, und ich habe die Briefe auch leider nicht vor mir liegen (denn eine Bestimmung besagte, daß alle Briefe an die Firma zurückgegeben werden mußten). Ich erinnere mich daher nicht mehr genau an ihre Inhalte, aber ich weiß noch, daß in diesen Briefen wirklich die verschiedensten Vorgänge des menschlichen Lebens – vom großen Ereignis bis zum kleinsten Kleinkram – ausgebreitet, zusammengedrängt und preisgegeben wurden. Für mich ein- oder zweiundzwanzigjährigen Studenten besaßen die Botschaften, die diese Frauen übermittelten, eine seltsame Unwirklichkeit. In den meisten Fällen schienen sie mir jeder Realität zu entbehren, und manchmal hatte ich das Gefühl, als seien sie ganz und gar bedeutungslos. Das lag jedoch nicht nur daran, daß es mir an Lebenserfahrung fehlte. Erst heute ist mir klar, daß in den meisten Fällen die Realität der Dinge nicht vermittelt wird. Die Realität muß hergestellt werden. Dadurch entsteht dann eine Bedeutung. Aber damals wußte ich das natürlich noch nicht, und auch die Frauen wußten es nicht. Und das ist wahrscheinlich auch der Grund dafür, daß mir alles, was in diesen Briefen beschrieben wurde, sonderbar einförmig vorkam.

Als ich den Job kündigte, bedauerten das alle von mir betreuten Mitglieder. Auch mir tat es in gewissem Sinne leid – obwohl ich, ehrlich gesagt, schon leichte Aversionen gegen dieses andauernde Briefeschreiben entwickelt hatte. Ich ahnte, daß ich nicht noch einmal Gelegenheit hätte, daß sich so viele Menschen mir gegenüber so offen aussprechen würden.

Was das Hamburger Steak anbelangt, ergab es sich, daß ich tatsächlich ein von ihr (meiner ersten Briefschreiberin) zubereitetes Hamburger Steak serviert bekam.

Sie war zweiunddreißig und hatte keine Kinder. Ihr Mann war in der fünftgrößten Handelsfirma des Landes angestellt. Als ich ihr in meinem letzten Brief schrieb, daß ich leider zum Ende des Monats aufhören würde, lud sie mich zum Mittagessen ein. »Ich bereite Ihnen ein ganz normales Hamburger Steak«, schrieb sie. Und obwohl dies gegen die Verordnung der Firma war, beschloß ich hinzugehen. Nichts stand der Neugier eines zweiundzwanzigjährigen jungen Mannes entgegen.

Ihre Wohnung lag direkt an den Gleisen der Odakyū-Linie. Die Zimmer waren einfach und sauber, wie es sich für ein kinderloses Ehepaar geziemte. Die Möbel, die Lampen und auch ihr Pullover machten keinen besonders teuren Eindruck, aber alles war sehr geschmackvoll. Unsere Begegnung begann mit einer gegenseitigen Überraschung: Ich war überrascht, daß sie viel jünger wirkte, als ich sie mir vorgestellt hatte, sie, daß ich viel jünger war, als sie vermutet hatte. Sie hatte geglaubt, ich sei älter als sie. Die Pen Society gibt das Alter ihrer Pen Master nicht bekannt.

Doch nachdem sich unsere jeweilige Überraschung gelegt hatte, löste sich auch die Spannung, die man bei einem ersten Treffen empfindet. Einträchtig wie zwei Fahrgäste, die denselben Zug verpaßt hatten, aßen wir unsere Hamburger Steaks und tranken Kaffee. Bei Zug fällt mir übrigens ein, daß man vom Fenster ihrer Wohnung im dritten Stock aus die Bahngleise sehen konnte. Es war wunderschönes Wetter an diesem Tag, und überall auf den Balkons der umliegenden Wohnungen hingen Futons und Laken zum Lüften in der Sonne. Von Zeit zu Zeit hörte man, wie ein Futon ausgeklopft wurde. Ich kann mich auch jetzt noch an dieses Geräusch erinnern. Seltsamerweise wußte man nicht, ob es von nahem oder von weitem kam.

Ihr Hamburger Steak schmeckte vorzüglich. Es war genau richtig gewürzt und war außen kroß und innen noch ganz saftig. Auch die Sauce war perfekt. Und obwohl ich vielleicht nicht behaupten kann, noch nie in meinem Leben ein so vorzügliches Hamburger

Steak gegessen zu haben, war es doch das beste seit langem. Sie freute sich, als ich ihr das sagte.

Nach dem Kaffee erzählten wir uns, während eine Platte von Burt Bacharach lief, unsere Lebensgeschichte. Das heißt, da ich noch keine richtige Lebensgeschichte hatte, redete sie fast die ganze Zeit. Als Studentin wollte sie Schriftstellerin werden, sagte sie. Sie bewunderte Françoise Sagan und erzählte mir von ihr. Besonders gefiel ihr *Aimez-vous Brahms?* Ich hatte nichts gegen Sagan. Auf jeden Fall fand ich sie nicht so vulgär, wie behauptet wurde. Es müssen ja nicht alle so schreiben wie Henry Miller oder Jean Genet.

»Aber ich kann nicht schreiben«, sagte sie.

»Es ist nie zu spät, damit anzufangen«, sagte ich.

»Nein, da bin ich mir sicher. Sie waren derjenige, der mir das gezeigt hat«, sagte sie lachend. »Ich begriff es, als ich Ihnen Briefe schrieb. Ich besitze kein Talent.«

Ich wurde rot. Mittlerweile passiert mir das zwar nicht mehr oft, aber mit zweiundzwanzig errötete ich noch ständig. »In dem, was Sie schrieben, lag eine große Aufrichtigkeit«, sagte ich.

Sie antwortete nicht und lächelte nur ein wenig. Ein leises Lächeln.

»Zumindest habe ich beim Lesen Ihres Briefes Lust auf Hamburger Steak bekommen.«

»Sie müssen sehr hungrig gewesen sein«, sagte sie freundlich.

Nun, vielleicht stimmte das.

Mit dumpfem Rattern fuhr unter dem Fenster ein Zug vorbei.

Als die Uhr fünf schlug, sagte ich, daß ich langsam gehen müsse.

»Sie wollen sicher noch das Abendessen vorbereiten, bevor Ihr Mann nach Hause kommt.«

»Mein Mann kommt sehr spät«, sagte sie, den Kopf auf die Hände gestützt. »Er kommt nicht vor Mitternacht heim.«

»Ihr Mann ist sehr beschäftigt.«

»Ja, wahrscheinlich«, sagte sie und machte eine kleine Pause.

»Ich glaube, ich habe Ihnen einmal in einem Brief davon geschrieben. Ich kann mit meinem Mann über viele Dinge nicht wirklich reden. Ich kann ihm meine Gefühle nicht vermitteln. Wenn ich mit ihm spreche, habe ich oft den Eindruck, als sprächen wir unterschiedliche Sprachen.«

Ich wußte nicht, was ich ihr antworten sollte. Mir war unverständlich, wie man mit jemandem zusammenleben konnte, dem man seine Gefühle nicht mitzuteilen vermochte.

»Aber das ist schon in Ordnung«, sagte sie leise. So wie sie es sagte, schien es wirklich in Ordnung zu sein. »Vielen Dank, daß Sie mir über so eine lange Zeit Briefe geschrieben haben. Es war mir eine große Freude. Ihnen schreiben zu dürfen hat mir wirklich sehr geholfen«, sagte sie.

»Mir haben Ihre Briefe auch Freude gemacht«, sagte ich. Aber ehrlich gesagt, konnte ich mich kaum noch an den Inhalt und den Stil ihrer Briefe erinnern.

Eine Weile blickte sie schweigend auf die Uhr an der Wand. Als würde sie den Fluß der Zeit verfolgen.

»Was haben Sie vor, wenn Sie mit dem Studium fertig sind?« fragte sie.

Ich antwortete, daß ich mich noch nicht entschieden hätte. Und daß ich selbst nicht richtig wüßte, was ich machen sollte. Als ich das sagte, lächelte sie wieder. »Ich glaube, für Sie wäre eine Arbeit gut, die etwas mit Schreiben zu tun hat. Die Kommentare in Ihren Briefen waren großartig. Ich habe mich immer sehr darauf gefreut. Das ist mein Ernst. Kein Kompliment. Vielleicht haben Sie ja nur Ihre Pflicht erfüllt. Trotzdem haben Ihre Briefe immer irgendwie ein Gefühl vermittelt. Ich habe sie alle sorgfältig aufgehoben, und manchmal hole ich sie hervor und lese sie noch einmal.«

»Vielen Dank«, sagte ich. »Und auch vielen Dank für das Hamburger Steak.«

Auch jetzt noch, zehn Jahre später, denke ich, wenn ich in der Odakyû-Linie sitze und bei ihrer Wohnung vorbeifahre, an ihr krosses Hamburger Steak. Ich betrachte die Gebäude, die sich an den Schienen entlangreihen, und frage mich, welches wohl ihr Fenster ist. Ich versuche mich an den Blick aus ihrem Fenster zu erinnern, und überlege, wo das gewesen sein könnte. Aber ich kann mich nicht erinnern.

Vielleicht wohnt sie gar nicht mehr dort. Doch falls sie noch da wohnt, hört sie wahrscheinlich noch immer allein die gleiche Platte von Burt Bacharach.

Hätte ich mit ihr schlafen sollen?

Das ist die Frage dieser Geschichte.

Aber ich weiß keine Antwort. Auch jetzt weiß ich es nicht zu sagen. So viele Jahre sind vergangen, ich habe so viele Erfahrungen gesammelt, und immer noch gibt es vieles, wovon ich nichts weiß. Mir bleibt also nur, aus dem Zug zu dem Fenster hochzublicken, das vielleicht ihres ist. Manchmal habe ich das Gefühl, jedes Fenster könnte ihr Fenster sein. Manchmal hingegen scheint es keins davon zu sein. Es gibt dort einfach zu viele Fenster.

TV-People

1

Es war Sonntagabend, als die TV-PEOPLE in mein Zimmer kamen. Es war Frühling. Zumindest glaube ich, daß es Frühling war. Wie dem auch sei, es war weder eine besonders warme noch eine besonders kalte Jahreszeit.

Aber ehrlich gesagt, spielt hier die Jahreszeit keine große Rolle. Wichtig ist, daß es Sonntagabend war.

Ich mag Sonntagabende nicht. Beziehungsweise mag ich all das nicht, was damit verbunden ist, diesen sonntagabendlichen Zustand.

Wenn Sonntagabende näherrücken, bekomme ich regelmäßig Kopfschmerzen. Manchmal schlimmer, manchmal weniger schlimm. Auf jeden Fall habe ich Kopfschmerzen. Ein oder eineinhalb Zentimeter hinter meinen Schläfen krampfen sich weiche weiße Klumpen seltsam zusammen. Es ist ein Gefühl, als hielte jemand weit hinten die Enden unsichtbarer Fäden, die aus der Mitte dieser Klumpen herausreichten, und zöge die ganze Zeit sachte daran. Nicht, daß es besonders weh täte. Eigentlich müßte es weh tun, aber komischerweise tut es das nicht. Es ist, als bohre man langsam lange Nadeln tief in betäubte Körperregionen.

Und ich höre Geräusche. Nicht wirklich Geräusche, eher ein vom dichten Schweigen in der Finsternis erzeugtes Knirschen. Kkruuzshaaaatar kruuzshaaaaaatar tstststskruuzmmms, macht es. Das ist das erste Anzeichen. Zuerst kommen die Kopfschmerzen, dann folgt eine leichte Verzerrung der optischen Wahrnehmung. Wie wild durcheinander wirbelnde Fluten ziehen Ahnungen Erinnerungen nach sich, und Erinnerungen Ahnungen. Ein weißer Mond, einer glänzenden

Rasierklinge gleich, steigt am Himmel auf, und in der dunklen Erde schlagen Zweifel ihre Wurzeln. Menschen laufen absichtlich laut den Gang entlang, als wollten sie mich ärgern. Kaarspamk dap kaarspamk dap kaarspamk dap, hallt es.

Deswegen kamen die TV-PEOPLE am Sonntagabend in mein Zimmer. Wie eine schwermütige Stimmung oder ein verschwiegen geräuschloser Regen drangen sie in die Dämmerung der Zeit.

2

Zuerst sollte ich das Aussehen der TV-PEOPLE beschreiben.

Die TV-PEOPLE sind etwas kleiner als Sie und ich. Nicht auffallend klein, nur etwas kleiner eben. Ungefähr, sagen wir, zwanzig oder dreißig Prozent. Jeder einzelne Teil ihres Körpers ist entsprechend kleiner. Terminologisch sollte man daher vielleicht eher von »geschrumpft« als von »klein« sprechen.

Wenn Sie den TV-PEOPLE irgendwo begegnen, fällt es Ihnen möglicherweise zuerst gar nicht auf, daß sie kleiner sind. Trotzdem haben Sie wahrscheinlich ein seltsames Gefühl. Man könnte es auch Unbehagen nennen. Irgend etwas ist komisch, denken Sie unweigerlich. Und dann sehen Sie vielleicht noch einmal genauer hin. Auf den ersten Blick ist nichts Unnatürliches an ihnen, aber gerade das ist unnatürlich. Die Kleinheit der TV-PEOPLE unterscheidet sich nämlich vollkommen von der von Kindern oder Zwergen. Wenn wir Kinder oder Zwerge sehen, empfinden wir sie als »klein«, aber diese sinnliche Wahrnehmung beruht in den meisten Fällen auf der Unausgewogenheit ihrer Gestalt. Sie sind zwar klein, doch ist nicht alles gleichermaßen klein. Sie haben kleine Hände, aber einen großen Kopf. Das ist normal. Die Kleinheit der TV-PEOPLE hingegen ist vollkommen anders. Bei den TV-PEOPLE scheint es, als habe man verkleinerte Kopien angefertigt, alles ist ganz mechanisch und regelmäßig kleiner. Ist die Körpergröße um dreißig Prozent reduziert, so ist auch die Breite ihrer Schultern um dreißig Prozent reduziert. Das gleiche gilt für ihre Füße, ihren Kopf, ihre Ohren und ihre Finger. Sie wirken wie exakte Plastikmodelle, bloß etwas kleiner.

Man könnte auch sagen, daß sie wie perspektivische Modelle aussehen. Obwohl sie direkt vor einem stehen, scheinen sie weiter weg zu sein. Wie in einem Trompe-l'œil-Gemälde ist die Oberfläche verzerrt und gewellt. Man meint, etwas berühren zu können, doch es ist unerreichbar, das aber, was unerreichbar scheint, läßt sich mit den Händen berühren.

Das sind die TV-PEOPLE.
Das sind die TV-PEOPLE.
Das sind die TV-PEOPLE.
Das sind die TV-PEOPLE.

3

Insgesamt waren es drei Personen. Sie klopften nicht an und klingelten nicht an der Tür. Sie sagten auch nicht guten Tag. Sie traten einfach leise ins Zimmer. Ich vernahm keine Schritte. Einer machte die Tür auf, und die anderen beiden trugen den Fernseher herein. Es war kein besonders großer Fernseher. Eher ein ganz normaler Sony-Farbfernseher. Ich glaube, die Tür war verschlossen, aber ich bin mir nicht sicher. Vielleicht hatte ich auch vergessen, sie abzuschließen. Ich kümmerte mich damals nicht so sehr darum und kann es daher nicht mit Sicherheit sagen. Zumindest aber glaube ich, daß die Tür abgeschlossen war.

Als sie hereinkamen, lag ich auf dem Sofa und starrte geistesabwesend an die Decke. Ich war allein zu Hause. Meine Frau hatte sich an diesem Nachmittag mit ein paar Freundinnen aus der Oberschulzeit verabredet. Sie wollten zusammen reden und später in irgendeinem Restaurant zu Abend essen.

»Machst du dir selbst etwas zu essen?« fragte meine Frau, bevor sie ging. »Im Kühlschrank gibt es noch Gemüse, Tiefkühlkost und andere Dinge. Das schaffst du doch? Und nimm die Wäsche ab, bevor es dunkel wird.«

»In Ordnung«, sagte ich. Das macht mir gar nichts. Bloß Abendessen. Bloß die Wäsche. Ist doch eine Kleinigkeit. Das mache ich mit links. Saryutststsbukruuuts.

»Hast du was gesagt?«

»Nein, nichts«, antwortete ich.

Den Nachmittag faulenzte ich auf dem Sofa herum. Ich hatte nichts Besseres zu tun. Ich las ein bißchen in dem neuen Roman von García Márquez und hörte etwas Musik. Ich trank ein Bier. Aber ich konnte mich auf nichts richtig konzentrieren. Ich ging ins Bett und wollte schlafen. Aber auch darauf konnte ich mich nicht konzentrieren. Ich legte mich also aufs Sofa und starrte an die Decke.

Meine Sonntagnachmittage vergehen damit, daß ich von allem etwas mache. Was ich auch anfange, ich mache es nur halb. Es gelingt mir nicht, mich auf irgend etwas zu konzentrieren. Morgens stehe ich ganz zuversichtlich auf. Heute werde ich dieses Buch lesen, diese Platten hören und diese Briefe beantworten. Ich werde die Schreibtischschublade aufräumen, alle notwendigen Einkäufe erledigen und endlich das Auto waschen. Aber die Uhr zeigt zwei, sie zeigt drei, es wird langsam Abend, und alles wird hinfällig. Schließlich lege ich mich aufs Sofa und bin vollkommen ratlos. Ich höre die Uhr in meinen Ohren ticken. Tarupp ku schaus tarupp ku schaus. Wie Regentropfen höhlt das Geräusch nach und nach alles aus. Tarupp ku schaus tarupp ku schaus. An Sonntagnachmittagen nutzt sich alles ab, alles schrumpft. So wie die TV-PEOPLE.

4

Die TV-PEOPLE ignorierten mich von Anfang an. Alle drei hatten einen Ausdruck im Gesicht, als gäbe es mich nicht. Sie öffneten die Tür und trugen den Fernseher herein. Zwei stellten den Fernseher auf die Kommode, der dritte steckte den Stecker in die Steckdose. Auf der Kommode befanden sich eine Tischuhr und ein Stapel Zeitschriften. Die Uhr war ein Hochzeitsgeschenk von Freunden. Sie ist kolossal groß und schwer – groß und schwer wie die Zeit selbst – und laut. Tarupp ku schaus tarupp ku schaus schallt es durchs Zimmer. Die TV-PEOPLE nahmen sie von der Kommode und stellten sie auf den Boden. Meine Frau wird sicher wütend, dachte ich. Sie haßt es, wenn etwas ohne ihre Erlaubnis umgestellt wird. Wenn die Dinge nicht an ihrem richtigen Platz stehen, kann sie ungenießbar werden. Abgesehen davon stolpere ich bestimmt über die Uhr, wenn sie auf dem Boden steht. Ich wache nachts immer kurz nach zwei Uhr auf und muß aufs Klo. Halb im Schlaf stolpere ich und falle über alles, was mir im Weg steht.

Als nächstes nahmen die TV-PEOPLE die Zeitschriften von der Kommode und legten sie auf den Tisch. Die Zeitschriften gehörten meiner Frau. (Ich selbst lese kaum Zeitschriften. Ich lese Bücher. Ich persönlich hätte auch nichts dagegen, wenn alle Zeitschriften der Welt pleite gingen.) Zeitschriften wie *Elle* oder *Marie Claire* oder *Unser Zuhause*. Diese Zeitschriften lagen fein säuberlich aufgestapelt auf der Kommode. Meine Frau mag es nicht, wenn ich ihre Zeitschriften anfasse. Hat sich die Ordnung des Stapels verändert, endet das in einem großen Geschrei. Daher rühre ich die Zeitschriften meiner Frau nie an. Ich habe noch nicht einmal in ihnen geblättert. Die TV-PEOPLE kümmert das jedoch nicht, sie räumen die Zeitschriften einfach herunter. Sie haben keinen Sinn dafür, Zeitschriften sorgfältig zu behandeln. Sie nehmen sie einfach von der Kommode und legen sie an irgendeinen anderen Platz. Dabei bringen sie die Reihenfolge durcheinander. *Marie Claire* liegt jetzt über *Croissant* und *Unser Zuhause* unter *An-An*. Das ist unverzeihlich. Außerdem lassen sie die Lesezeichen, die meine Frau in einige Zeitschriften gesteckt hat, kreuz und quer auf den Boden fallen. Die Lesezeichen markieren Seiten mit wichtigen Informationen für meine Frau. Ich habe keine Ahnung, was für Informationen und wie wichtig sie sind – vielleicht haben sie mit ihrer Arbeit zu tun, vielleicht sind sie auch nur von privater Bedeutung –, aber auf jeden Fall sind es wichtige Informationen für meine Frau.

Sie wird sich bestimmt aufregen, dachte ich. »Da gehe ich einmal mit meinen Freundinnen aus und komme gutgelaunt wieder, und schon ist das ganze Haus ein einziges Chaos«, so was in der Art wird sie sagen. Ich konnte mir ihre Predigt schon Wort für Wort vorstellen. Großartig, dachte ich und schüttelte den Kopf.

5

Jedenfalls wurde alles von der Kommode geräumt. Dann stellten die TV-PEOPLE den Fernseher darauf. Sie steckten den Stecker in die Steckdose an der Wand und schalteten den Fernseher ein. Es knisterte und der Bildschirm flackerte weiß auf. Ich wartete, aber es kam kein Bild. Mit der Fernbedienung schalteten sie die Programme der Reihe nach durch. Aber alle Programme waren weiß. Wahrscheinlich liegt das daran, weil sie die Antenne nicht angeschlossen haben, dachte ich. Irgendwo im Zimmer mußte es einen Antennenanschluß geben. Ich glaubte mich daran zu erinnern, daß mir der Verwalter beim Einzug in diese Wohnung etwas über einen Antennenanschluß erzählt hatte. »Sie müssen es einfach hier anschließen«, hatte er gesagt. Aber ich konnte mich nicht mehr daran erinnern, wo das war.

Da wir keinen Fernseher besitzen, habe ich es vollkommen vergessen.

Aber die TV-PEOPLE schienen gar kein Interesse daran zu haben, Programme zu empfangen. Sie machten nicht die geringsten An-
stalten, nach dem Antennenanschluß zu suchen. Daß der Bildschirm
weiß blieb und kein Bild erschien, kümmerte sie nicht. Ihr Ziel schien
damit, daß sie den Knopf gedrückt und den Strom eingeschaltet hatten, erreicht zu sein.

Es war ein neuer Fernseher. Er hatte zwar keine Verpackung,
aber man sah sofort, daß er nagelneu war. Die Bedienungsanleitung
und die Garantie steckten in einer mit einem Klebestreifen an der
Seite des Geräts befestigten Plastikhülle. Das elektrische Kabel blitz-
te wie ein frisch aus dem Wasser gezogener Fisch.

Die drei TV-PEOPLE betrachteten den weißen Bildschirm des
Fernsehers von verschiedenen Stellen im Raum aus, wie zur Inspek-
tion. Einer setzte sich neben mich und überprüfte, ob das Bild aus
meiner Position zu sehen war. Der Fernseher stand mir direkt gegenüber, in optimaler Entfernung. Sie schienen zufrieden zu sein und
machten den Eindruck, als sei ihre Arbeit damit weitgehend beendet. Einer der TV-PEOPLE (der, der neben mir gesessen hatte) legte
die Fernbedienung auf den Tisch.

Die TV-PEOPLE sprachen in der ganzen Zeit kein Wort. Ihre
Bewegungen schienen einem genauen Plan zu folgen, und es bedurf-
te daher keiner Worte. Alle drei erfüllten die ihnen zugeteilten Auf-
gaben ordentlich und mit großer Effizienz. Sie waren geschickt und
schnell. Ihre Arbeit nahm kaum Zeit in Anspruch. Zuletzt hob einer
der TV-PEOPLE die Tischuhr vom Boden auf, sah sich einen Moment lang im Zimmer nach einem geeigneten Platz dafür um und
stellte sie schließlich, da er keinen fand, wieder auf den Boden zurück. Tarupp ku schaus tarupp ku schaus, tickte sie gewichtig auf
dem Boden weiter.

Die Wohnung, in der ich wohne, ist ziemlich klein, und mit meinen Büchern und all den Dingen, die meine Frau angesammelt hat, bleibt kaum noch Platz, um einen Fuß vor den anderen zu setzen. Ich werde bestimmt irgendwann über die Uhr stolpern, dachte ich und seufzte. Kein Zweifel. Ich werde über sie stolpern. Da gehe ich jede Wette ein.

Die drei TV-PEOPLE hatten alle dunkelblaue Jacken an. Den Stoff konnte ich nicht bestimmen, aber er war glatt. Dazu trugen sie Blue Jeans und Tennisschuhe. Kleidung und Schuhe waren kleiner als gewöhnlich. Je länger ich ihren herumwandernden Gestalten zusah, desto mehr schien es mir, als stimme etwas mit meiner Größe nicht. Ich hatte das Gefühl, als säße ich, mit einer starken Brille bekleidet, rückwärts in der Achterbahn. Die Landschaft um mich herum geriet ins Wanken, vorne und hinten verkehrten sich. Das Gleichgewicht der Welt, das ich bis dahin unbewußt für mich in Anspruch genommen hatte, war nichts Absolutes mehr. Dieses Gefühl vermittelten die TV-PEOPLE ihrem Betrachter.

Die TV-PEOPLE sprachen bis zuletzt kein Wort. Sie überprüften alle drei noch einmal das Fernsehbild, und nachdem sie sich vergewissert hatten, daß alles in Ordnung war, schalteten sie es mit der Fernbedienung aus. Das Weiß des Bildschirms erlosch, und auch das leise Knistern verschwand. Der Bildschirm zeigte wieder sein ursprüngliches ausdrucksloses Grau. Draußen begann es bereits zu dunkeln. Man hörte jemanden rufen. Jemand ging langsam den Gang unseres Wohnhauses entlang, wie immer absichtlich laut. Kaarspamk darp kaarspamk diiik, hallten seine Lederschuhe. Es war Sonntagabend.

Die TV-PEOPLE sahen sich noch einmal, wie zur Überprüfung, überall um, öffneten die Tür und verschwanden. So wie sie gekommen waren, schenkten sie mir auch jetzt nicht die geringste Beachtung. Sie benahmen sich, als gäbe es mich nicht.

6

Von dem Moment an, als die TV-PEOPLE ins Zimmer kamen, bis zu dem, als sie es wieder verließen, bewegte ich mich nicht einen Zentimeter. Ich sprach kein Wort. Die ganze Zeit über lag ich auf dem Sofa und sah ihnen bei ihrer Arbeit zu. Das ist unnatürlich, mögen Sie sagen. Wildfremde Leute kommen plötzlich ins Zimmer, noch dazu drei, stellen einfach einen Fernseher auf, und Sie sagen nichts, sitzen bloß schweigend da und sehen ihnen die ganze Zeit zu. Das ist doch irgendwie merkwürdig, oder?

Aber ich sagte nichts. Ich lag bloß schweigend da und beobachtete den Fortgang der Dinge. Vielleicht lag das daran, daß sie mich vollständig ignorierten. Wenn Sie an meiner Stelle gewesen wären, hätten Sie vielleicht genauso gehandelt. Ich will mich nicht rechtfertigen, aber wenn man von Fremden, die direkt vor einem herumlaufen, auf derartige Weise so vollkommen ignoriert wird, weiß man selbst nicht mehr so recht, ob man überhaupt existiert oder nicht.

Ich sah auf meine Hände und glaubte schon, sie seien durchsichtig. Ein Gefühl der Ohnmacht überkam mich. Ein Bann. Der eigene Körper, die eigene Existenz wurde immer transparenter. Ich konnte mich nicht mehr bewegen. Ich konnte nicht mehr sprechen. Ich sah nur noch zu, wie die drei TV-PEOPLE den Fernseher in meinem Zimmer aufstellten und wieder gingen. Ich bekam meinen Mund nicht richtig auf. Ich hatte Angst, meine eigene Stimme zu hören.

Die TV-PEOPLE gingen, und ich war wieder allein. Das Gefühl zu existieren kehrte zurück. Meine Hände waren wieder meine Hände. Als ich zu mir kam, war die Abenddämmerung schon ganz von der Dunkelheit aufgesogen. Ich schaltete das Licht im Zimmer ein. Dann schloß ich die Augen. Dort stand tatsächlich ein Fernseher. Die Uhr tickte weiter. Tarupp ku schaus tarupp ku schaus.

7

Seltsamerweise kommentierte meine Frau mit keinem einzigen Wort das Erscheinen des Fernsehers im Zimmer. Sie zeigte keine Reaktion. Absolut null. Als bemerkte sie ihn gar nicht. Es war wirklich sonderbar. Denn wie ich bereits sagte, ist sie, was die Anordnung und Aufstellung der Möbel und sonstiger Dinge angeht, äußerst empfindlich. Wenn etwas im Zimmer in ihrer Abwesenheit nur ein kleines bißchen verrückt oder verändert wird, registriert sie es sofort. Dafür hat sie ein spezielles Sensorium. Sie zieht ihre Brauen zusammen und stellt alles wieder so hin, wie es war. Ich bin da ganz anders. Mir ist es nicht so wichtig, ob *Unser Zuhause* nun unter *An-An* liegt oder sich ein Kugelschreiber in das Bleistiftbehältnis verirrt hat. Es fällt mir wahrscheinlich noch nicht einmal auf. Würde ich so leben wie sie, wäre ich völlig erledigt. Aber das ist ihre Sache und nicht meine. Deswegen sage ich auch nichts. Ich laß sie so machen, wie sie will. Das ist im großen und ganzen meine Einstellung. Aber sie ist da ganz anders. Manchmal regt sie sich furchtbar auf. Sie könne meine Sorglosigkeit nicht mehr ertragen, sagt sie. Ich kann auch manchmal die Sorglosigkeit von Schwerkraft, Psi und E=mc² nicht ertragen, erwidere ich. Das stimmt wirklich. Aber wenn ich das sage, schweigt sie. Vielleicht empfindet sie meine Antwort als Beleidigung. Aber so war es nicht gemeint. Ich habe nicht die Absicht, sie zu kränken. Ich hatte nur gesagt, was ich fühle.

Auch als sie an diesem Abend nach Hause kam, sah sie sich zuerst im Zimmer um. Ich hatte schon eine Erklärung parat. Daß die TV-PEOPLE gekommen seien und alles in Unordnung gebracht hätten. Ihr die TV-PEOPLE zu erklären würde schwierig werden. Vielleicht würde sie mir nicht glauben. Aber ich hatte vor, ihr alles wahrheitsgemäß zu erzählen.

Doch sie sagte nichts. Sie sah sich nur im Zimmer um. Auf der

Kommode stand der Fernseher. Die Zeitschriften lagen durcheinander auf dem Tisch. Die Tischuhr stand auf dem Boden. Doch meine Frau sagte nichts. Daher gab es auch keine Erklärung.

»Hast du etwas zu Abend gegessen?« fragte sie, während sie ihr Kleid auszog.

»Nein, nichts«, antwortete ich.

»Warum nicht?«

»Ich hatte keinen richtigen Hunger«, sagte ich.

Meine Frau hielt inne, das Kleid halb ausgezogen, und dachte nach. Sie sah mich eine Weile an. Sie schien unschlüssig, ob sie etwas sagen sollte oder nicht. Dumpf brach das Ticken der Uhr das Schweigen. Tarupp ku schaus tarupp ku schaus. Ich versuchte es zu überhören, es nicht in meine Ohren dringen zu lassen. Aber das Geräusch war zu schwer, zu kolossal. Obwohl ich nicht wollte, drang es in meine Ohren. Auch sie schien es zu hören. Dann schüttelte sie den Kopf. »Soll ich dir schnell etwas zu essen machen?« fragte sie.

»Ja, vielleicht«, sagte ich. Ich hatte zwar keinen besonderen Appetit, aber ich würde bestimmt etwas essen.

Sie zog sich etwas Bequemes an und berichtete, während sie in der Küche Reissuppe mit Gemüse kochte und Rühreier briet, über das Treffen mit ihren Freundinnen. Sie erzählte, welche was machte, welche was gesagt hatte, welche eine neue Frisur hatte und jetzt viel hübscher aussah und welche sich von ihrem Freund getrennt hatte. Ich kenne ihre Freundinnen ein wenig, und während ich ein Bier trank, gab ich hin und wieder ein zustimmendes »mhm« von mir. Aber ich hörte kaum zu. Ich dachte die ganze Zeit über die TV-PEOPLE nach. Und darüber, warum sie nichts zu dem Fernseher sagte. Hatte sie ihn vielleicht nicht wahrgenommen? Nein, undenkbar, daß plötzlich ein Fernseher auftauchte und sie nichts davon merkte. Aber warum sagte sie dann nichts? Sehr seltsam. Komisch. Irgend etwas stimmte nicht. Aber ich hatte keine Ahnung, wie ich dieses Problem lösen könnte.

Als die Reissuppe fertig war, setzte ich mich an den Küchentisch und aß. Ich aß das Rührei und ein paar Umeboshi.

Nachdem ich aufgegessen hatte, räumte meine Frau das Geschirr ab. Ich trank noch ein Bier. Meine Frau trank auch etwas Bier. Ich sah kurz zu der Kommode hinüber. Der Fernseher stand noch immer da. Er war nicht eingeschaltet. Auf dem Tisch lag die Fernbedienung. Ich stand auf, nahm die Fernbedienung und schaltete ein. Der Bildschirm flackerte weiß auf, und ich vernahm das knisternde Geräusch. Es gab nach wie vor kein Bild. Nur das weiße Licht erschien auf dem Bildschirm. Ich drückte einen Knopf, um die Lautstärke aufzudrehen, aber lediglich das Knistern nahm zu. Zwanzig oder dreißig Sekunden lang sah ich auf das Licht, dann schaltete ich wieder aus. Sofort verschwanden Geräusch und Licht. Meine Frau saß währenddessen auf dem Teppich und blätterte in *Elle*. Der Tatsache, daß der Fernseher an- und ausging, schenkte sie keine Aufmerksamkeit. Sie schien es noch nicht einmal bemerkt zu haben.

Ich legte die Fernbedienung auf den Tisch zurück und setzte mich wieder aufs Sofa. Ich versuchte weiter in García Márquez' Roman zu lesen. Immer nach dem Abendessen lese ich. Manchmal höre ich schon nach einer halben Stunde auf, manchmal lese ich zwei Stunden. Aber ich lese jeden Tag. An diesem Tag jedoch schaffte ich noch nicht einmal eine halbe Seite. Wie sehr ich mich auch auf das Buch zu konzentrieren versuchte, meine Gedanken kehrten immer zu den TV-PEOPLE zurück. Unwillkürlich blickte ich auf und sah zum Fernseher. Der Bildschirm stand mir direkt gegenüber.

8

Als ich um halb zwei in der Nacht aufwachte, stand der Fernseher noch immer da. Ich war aus dem Bett gestiegen in der Hoffnung, er könnte verschwunden sein. Aber er stand immer noch genau an derselben Stelle. Ich ging aufs Klo und pinkelte, dann setzte ich mich aufs Sofa und legte die Füße auf den Tisch. Ich nahm die Fernbedienung und versuchte den Fernseher einzuschalten. Aber nichts hatte sich verändert. Genau wie vorher. Weißes Licht und Knistern. Sonst nichts. Ich betrachtete es eine Weile, dann schaltete ich wieder aus, und Licht und Knistern verschwanden.

Ich ging zurück ins Bett und versuchte zu schlafen. Ich war furchtbar müde. Aber ich konnte nicht schlafen. Sobald ich die Augen schloß, erschienen die TV-PEOPLE. TV-PEOPLE, die den Fernseher trugen, TV-PEOPLE, die die Uhr herunternahmen, TV-PEOPLE, die die Zeitschriften auf den Tisch legten, TV-PEOPLE, die den Stecker in die Steckdose steckten, TV-PEOPLE, die den Bildschirm überprüften, TV-PEOPLE, die die Tür öffneten und schweigend wieder verschwanden. Sie waren die ganze Zeit in meinem Kopf. Sie spazierten darin herum. Ich stand wieder auf, ging in die Küche und goß mir einen doppelten Whiskey in eine Kaffeetasse, die auf der Spüle stand. Dann legte ich mich wieder aufs Sofa und öffnete das Buch von Márquez. Aber die Sätze blieben ohne Sinn. Ich hatte nicht die leiseste Ahnung, was dort geschrieben stand.

Ich warf García Márquez zur Seite und las *Elle*. Einmal *Elle* zu lesen konnte nicht schaden. Aber nichts darin vermochte mein Interesse zu wecken. Es war eine Ansammlung langweiliger Artikel über neue Haarmoden, elegante weiße Seidenblusen, Restaurants, die leckeren »Beef Stew« servierten, oder über die für die Oper angemessene Abendkleidung. Dinge, die mich überhaupt nicht interessierten. Ich warf *Elle* zur Seite und betrachtete wieder den Fernseher auf der Kommode.

Schließlich blieb ich, ohne etwas zu machen, bis zum Morgen auf. Um sechs kochte ich Wasser und brühte mir einen Kaffee auf.

87

Da ich nichts zu tun hatte, schmierte ich, bevor meine Frau aufstand, ein paar Brote mit Schinken.

»Du bist ziemlich früh auf«, sagte meine Frau schläfrig.

»Hm«, antwortete ich.

Nach einem fast wortlosen Frühstück verließen wir zusammen das Haus und gingen jeder in seine Firma. Meine Frau arbeitet in einem kleinen Verlag. Sie geben eine Fachzeitschrift über biologische Ernährung heraus. »Shiitake-Gerichte schützen vor Gicht« oder »Die Zukunft biologischer Anbaumethoden«, eine Zeitschrift mit eher speziellen Themen. Sie verkauft sich nicht sonderlich gut, andererseits verursacht die Herstellung kaum nennenswerte Kosten, und da es eine enthusiastische, fast schon religiös zu nennende Leserschaft gibt, wird die Belegschaft erst mal nicht verhungern. Ich meinerseits arbeite in der Werbeabteilung eines Elektrogeräteherstellers. Ich mache Werbung für Toaster, Waschmaschinen und Mikrowellen.

9

Auf dem Weg in mein Büro kam ich im Treppenhaus an einem der TV-PEOPLE vorbei. Es war einer von denen, die gestern den Fernseher brachten, glaube ich. Vielleicht war es der, der als erster ins Zimmer kam und nicht den Fernseher trug. Die Gesichter der TV-PEOPLE weisen keine besonders charakteristischen Merkmale auf, und man kann sie daher kaum unterscheiden. Deshalb bin ich mir auch nicht ganz sicher, aber zu achtzig oder neunzig Prozent liege ich, glaube ich, richtig. Er trug die gleiche blaue Jacke wie gestern. In den Händen hielt er nichts. Er ging nur die Treppe hinunter. Ich ging die Treppe hinauf. Ich hasse es, Fahrstuhl zu fahren. Deswegen laufe ich immer zu Fuß. Da mein Büro im achten Stock liegt, ist das kein leichtes Unterfangen. Besonders wenn es etwas Eiliges zu erledigen gibt, komme ich ganz schön ins Schwitzen. Aber ich bin lieber verschwitzt, als daß ich Fahrstuhl fahre. Alle machen sich darüber lustig. Sie finden mich komisch, weil ich keinen Fernseher und kein Videogerät besitze und noch dazu nicht Fahrstuhl fahre. Vielleicht denken sie auch, daß ich mich gewissermaßen noch in einem Stadium der Unreife befinde. Eine komische Einstellung. Ich verstehe sie nicht.

Auf jeden Fall ging ich wie immer zu Fuß die Treppe hinauf. Ich war der einzige, der die Treppen benutzte. Menschen, die die Treppen benutzen, sind äußerst selten. Zwischen dem dritten und vierten Stock kam ich an einem der TV-PEOPLE vorbei. Es geschah so plötzlich, daß ich nicht wußte, was ich machen sollte. Ich überlegte, ob ich ihn ansprechen sollte.

Aber ich sagte nichts. Mir fiel in dem Moment partout nichts ein, was ich hätte sagen können, und außerdem hatte er etwas an sich, das es mir schwer machte, ihn anzusprechen. Er lief sehr funktionell die Treppen hinunter. Er setzte seine Schritte in einem festgesetzten Tempo und mit geregelter Präzision. Und genau wie am Tag zuvor ignorierte er mich vollkommen. Er schien mich noch nicht einmal wahrzunehmen. Ich ging an ihm vorbei, ohne zu wissen, wie ich mich verhalten sollte. In dem Moment, als wir einander passierten, hatte ich das Gefühl, als geriete die Schwerkraft mit einemmal ins Schwanken.

An diesem Tag fand in der Firma eine Konferenz statt. Es war eine ziemlich wichtige Konferenz über Verkaufsstrategien für neue Produkte. Einige Mitarbeiter lasen Berichte vor. Sie schrieben Zahlen an die Tafel und zeigten Graphiken auf Computermonitoren. Man führte leidenschaftliche Diskussionen. Auch ich nahm daran teil, aber meine Position in dieser Konferenz war nicht besonders wichtig, da ich nicht direkt an dem Projekt beteiligt war. Zwischendrin geriet ich immer wieder ins Grübeln. Nur einmal steuerte ich etwas bei, nichts Wesentliches, eher eine ganz allgemeine Ansicht vom Standpunkt des Beobachters. Ich hätte unmöglich nichts sagen können. Ich bin, was meine Arbeit angeht, nicht sonderlich ambitioniert, doch da ich dafür bezahlt werde, spüre ich eine gewisse Verantwortung. Ich faßte die bisher vorgetragenen Meinungen kurz zusammen und ordnete sie und machte sogar einen kleinen Scherz, um die Atmosphäre aufzulockern. Vielleicht tat ich es, weil ich die ganze Zeit über an die TV-PEOPLE gedacht und daher ein schlechtes Gewissen hatte. Einige lachten. Doch nachdem ich einmal gesprochen hatte, tat ich so, als würde ich die Unterlagen durchgehen, und wandte mich wieder ganz meinen TV-PEOPLE zu. Woher sollte ich wissen, wie man die neue Mikrowelle nennen konnte? In meinem Kopf gab es nur TV-PEOPLE. Die ganze Zeit dachte ich über sie nach. Was für eine Bewandtnis hatte es mit jenem Fernseher? Warum hatten die TV-PEOPLE den Fernseher extra in mein Zimmer gebracht? Warum hatte meine Frau kein Wort über das Erscheinen des Fernsehers verloren? Warum kamen die TV-PEOPLE sogar in meine Firma?

Die Konferenz nahm kein Ende. Um zwölf gab es eine kurze Mittagspause. Da nicht genügend Zeit war, um draußen zu essen, wurden Sandwichs und Kaffee gereicht. Im Konferenzraum roch es nach Zigaretten, und ich nahm Kaffee und ein Sandwich und aß an meinem Schreibtisch. Während ich aß, kam der Abteilungsleiter vorbei. Ehrlich gesagt, kann ich ihn nicht besonders gut leiden. Den genauen Grund für diese Abneigung kenne ich nicht. Es gibt nichts, was abstoßend an ihm wäre. Er hat zweifellos eine zuvorkommende Art an sich. Außerdem ist er nicht dumm, und er hat einen guten Geschmack, was Schlipse anbelangt. Er ist deswegen jedoch keineswegs überheblich oder hochmütig seinen Untergebenen gegenüber. Auch zu mir war er immer sehr wohlwollend. Manchmal lud er mich zum Essen ein. Aber irgendwie wurde ich mit ihm nicht warm. Vielleicht liegt es daran, daß er seine Gesprächspartner immer anfaßt. Er berührt Männer und auch Frauen während des Gesprächs plötzlich mit den Händen. Mit »berühren« meine ich jedoch nicht, daß er irgendwie zweideutige Absichten hegte. Er hat eine ganz elegante, natürliche Art, Leute anzufassen. Die meisten nehmen es wahrscheinlich gar nicht wahr, so natürlich ist sie. Aber irgendwie stört es mich. Deswegen bin ich, sobald ich ihn sehe, immer instinktiv auf der Hut. Vielleicht ist es nur eine Kleinigkeit. Aber es stört mich.

Der Abteilungsleiter beugte sich zu mir herunter und faßte mich an den Schultern. »Ihr Beitrag eben bei der Konferenz übrigens, das war prima«, sagte er freundlich. »Kurz und treffend. Hat mich beeindruckt. Gute Hinweise auch. Der ganze Raum prickelte, als Sie redeten. Der richtige Beitrag an der richtigen Stelle. Machen Sie weiter so.«

Nach diesen Worten eilte er irgendwohin. Wahrscheinlich zum Mittagessen. Ich dankte ihm brav, aber ehrlich gesagt, war ich ziemlich bestürzt. Ich konnte mich nicht im mindesten an das erinnern, was ich bei der Konferenz gesagt hatte. Da ich unmöglich nichts hätte sagen können, hatte ich nur ausgesprochen, was mir gerade in den Sinn kam. Warum mußte der Abteilungsleiter wegen so einer Sache extra an meinen Tisch kommen und mich dermaßen loben? Es gab eine Menge anderer Leute, die viel bessere Reden gehalten hatten. Irgendwie komisch. Ohne recht dahinterzusteigen, aß ich mein Sandwich. Dann dachte ich an meine Frau. Was sie jetzt wohl machte? Ob sie zum Mittagessen rausgegangen war? Ich überlegte, ob ich in ihrer Firma anrufen sollte. Ich würde gern ein paar Worte mit ihr wechseln, über was auch immer. Ich wählte die ersten drei Zahlen, überlegte es mir aber anders. Es gab keinen Grund, sie anzurufen. Nur weil ich das Gefühl hatte, daß die Welt ein wenig aus dem

Gleichgewicht geriet. Wie sollte ich ihr erklären, daß ich sie in der Mittagspause in ihrer Firma anrief? Außerdem mag sie es nicht, wenn man sie in der Firma anruft. Ich legte den Hörer auf die Gabel zurück, seufzte, trank meinen Kaffee aus und warf den Plastikbecher in den Mülleimer.

10

Bei der Konferenz am Nachmittag entdeckte ich wieder die TV-PEOPLE. Diesmal waren sie zu zweit. Sie durchquerten den Konferenzraum und trugen, genau wie am Tag zuvor, einen Sony-Farbfernseher. Der Fernseher war etwas größer. Oje, dachte ich. Sony ist unsere Konkurrenz. Wenn Produkte anderer Hersteller, aus welchem Grund auch immer, in unsere Firma gelangen, ist die Hölle los. Es kommt zwar vor, daß Geräte anderer Firmen zu Vergleichszwecken in unser Haus gebracht werden, aber dann werden die Firmenetiketts sorgsam entfernt. Es wäre nicht gut, wenn fremde Augen sie entdecken würden. Die TV-PEOPLE aber wandten uns unbekümmert das Sony-Emblem zu. Sie öffneten die Tür, traten in den Konferenzraum, gingen durchs Zimmer und sahen sich überall um. Sie schienen einen geeigneten Platz für den Fernseher zu suchen, fanden aber keinen und gingen schließlich mit dem Fernseher zur hinteren Tür hinaus. Niemand im Raum zeigte eine Reaktion. Unmöglich, daß die Anwesenden die TV-PEOPLE nicht gesehen hatten. Sie hatten sie definitiv gesehen. Der Beweis war, daß sie zur Seite gerückt waren und den TV-PEOPLE den Weg freigemacht hatten, als diese mit dem Fernseher hereinkamen. Aber darüber hinaus zeigten sie keinerlei Reaktion. Sie verhielten sich nicht anders, als ob der Kellner aus dem Café um die Ecke den bestellten Kaffee brachte. Sie ignorierten die TV-PEOPLE grundsätzlich. Sie wußten, daß sie existierten. Trotzdem taten sie so, als gäbe es sie nicht.

Ich war vollkommen durcheinander. Wußten etwa alle anderen über die TV-PEOPLE Bescheid? War ich vielleicht der einzige, dem man die Informationen über die TV-PEOPLE vorenthielt? Vielleicht war auch meine Frau über die TV-PEOPLE unterrichtet, dachte ich. Wahrscheinlich. Deswegen war sie auch über das Erscheinen des Fernsehers im Zimmer nicht erstaunt und hatte ihn mit keinem Wort erwähnt. Das war die einzig mögliche Erklärung. Ich war völlig verwirrt. Wer oder was sind die TV-PEOPLE eigentlich? Und warum tragen sie immer Fernseher herum?

Als einer meiner Kollegen aufstand, um aufs Klo zu gehen, stand auch ich auf und folgte ihm. Wir haben zur gleichen Zeit bei der Firma angefangen und verstehen uns ganz gut. Manchmal gehen wir nach der Arbeit zusammen noch etwas trinken. Ich mache das nicht mit jedem. Wir standen nebeneinander und pinkelten. »Na großartig. Wenn das so weitergeht, sitzen wir heute abend noch hier. Ewig diese Konferenzen, Konferenzen, Konferenzen«, sagte er mißmutig. Ich pflichtete ihm bei. Dann wuschen wir uns die Hände. Er lobte mich für meinen Beitrag am Vormittag. Ich dankte ihm.

»Übrigens, diese Leute, die gerade den Fernseher reintrugen ...«, begann ich.

Er antwortete nicht. Er drehte den Wasserhahn zu, zog zwei Papierhandtücher aus dem Handtuchspender und trocknete sich die Hände. Er sah nicht einmal zu mir herüber. Er trocknete sich lange seine Hände, knüllte schließlich das Papier zusammen und warf es in den Papierkorb. Vielleicht hatte er mich nicht gehört. Vielleicht tat er auch nur so, als hätte er mich nicht gehört. Ich wußte es nicht. Doch aus der Atmosphäre zu schließen, war es besser, ihm keine weiteren Fragen zu stellen. Ich schwieg also und trocknete mir meine Hände mit einem Papierhandtuch. Die Luft fühlte sich starr an. Wortlos liefen wir den Gang entlang und kehrten in den Konferenzraum zurück. Während der restlichen Konferenz schien er meinen Blick zu meiden.

11

Als ich von der Firma nach Hause kam, war die Wohnung vollkommen dunkel. Es hatte angefangen zu regnen. Vom Balkonfenster aus konnte man die tiefhängenden schwarzen Wolken sehen. In der Wohnung roch es nach Regen. Es dämmerte bereits. Meine Frau war noch nicht zurück. Ich band meinen Schlips ab, strich ihn glatt und hängte ihn auf den Bügel. Ich bürstete den Staub von meinem Anzug. Ich warf mein Hemd in den Wäschekorb. Da meine Haare nach Zigaretten rochen, duschte ich und wusch meine Haare. Wie immer. Nach langen Konferenzen riecht mein Körper immer nach Rauch. Meine Frau kann diesen Geruch nicht ausstehen. Als wir geheiratet hatten, gewöhnte sie mir als erstes das Rauchen ab. Das war vor vier Jahren.

Nach dem Duschen setzte ich mich aufs Sofa, trocknete mir mit dem Handtuch die Haare und trank eine Dose Bier. Der Fernseher, den die TV-PEOPLE gebracht hatten, stand noch immer auf der Kommode. Ich nahm die Fernbedienung vom Tisch und drückte den Einschaltknopf. Ich drückte mehrmals, aber der Fernseher ging nicht an. Keine Reaktion. Der Bildschirm blieb dunkel. Ich überprüfte das Stromkabel. Der Stecker steckte fest in der Steckdose. Ich zog den Stecker heraus und steckte ihn noch einmal hinein. Aber nichts passierte. Sooft ich den Einschaltknopf betätigte, der Bildschirm wurde nicht weiß. Vorsichtshalber öffnete ich die Fernbedienung, nahm die Batterie heraus und prüfte sie mit einem einfachen Testgerät. Sie war ganz neu. Ich gab auf, legte die Fernbedienung beiseite und stürzte mein Bier hinunter.

Warum sollte mich das stören, wunderte ich mich. Was wäre denn, wenn der Fernseher anginge? Ein weißes Licht würde erscheinen und ein Knistern. Es konnte mir doch egal sein, ob er anging oder nicht.

Aber es störte mich. Am Abend vorher hatte er funktioniert. Ich hatte ihn nicht berührt. Ich verstand das nicht.

Ich nahm die Fernbedienung wieder zur Hand und machte noch einen Versuch. Vorsichtig drückte ich mit der Fingerspitze auf den Knopf. Aber das Resultat blieb dasselbe. Keine Reaktion. Der Bildschirm blieb tot.

Ganz und gar kalt.

Ich holte mir ein zweites Bier aus dem Eisschrank, machte es auf und trank. Dazu aß ich Kartoffelsalat aus einem Plastikgefäß. Es war nach sechs. Ich saß auf dem Sofa und las die Abendzeitung. Sie war noch langweiliger als sonst. Es gab kaum einen Artikel, der sich zu lesen lohnte, alles nur völlig belanglose Nachrichten. Aber da ich nicht wußte, was ich sonst machen könnte, las ich weiter Zeitung. Würde ich aufhören, müßte ich etwas anderes tun. Doch darüber wollte ich nicht nachdenken. Ich las besonders langsam, um Zeit zu schinden. Wie wäre es, wenn ich meiner Cousine einen Brief schriebe? Sie hatte uns zu ihrer Hochzeit eingeladen. Ich mußte ihr absagen. Meine Frau und ich wollten am Tag ihrer Hochzeit in die Ferien fahren. Wir fahren nach Okinawa. Wir hatten diese Reise schon lange geplant und uns beide extra frei genommen. Das läßt sich jetzt nicht mehr ändern. Nur die Götter wissen, wann wir das nächste Mal so lange zusammen Urlaub nehmen können. Außerdem stehe ich gar nicht so eng mit meiner Cousine. Ich habe sie fast zehn Jahre lang nicht gesehen. Trotzdem, ich muß ihr bald antworten. Sie muß ja die Räumlichkeiten reservieren. Aber nicht jetzt, ich kann jetzt keinen Brief schreiben. Ich bin nicht in der Stimmung.

Ich nahm mir wieder die Zeitung vor und las dieselben Artikel noch einmal. Dann überlegte ich kurz, ob ich das Abendessen vorbereiten sollte. Aber vielleicht hatte meine Frau schon mit Kolle-

gen oder Klienten gegessen, wenn sie nach Hause kam. Dann bliebe
eine Portion übrig. Ich alleine könnte irgendwelche Reste essen. Ich
brauchte nicht extra zu kochen. Und falls sie noch nicht gegessen
hätte, könnten wir zusammen etwas essen gehen.

Irgendwie merkwürdig, dachte ich. Wenn einer von uns später als
sechs nach Hause kommt, sagt er auf jeden Fall vorher Bescheid. Das
ist eine Regel. Und wenn es nur eine Nachricht auf dem Anrufbeantworter ist. Dann kann sich der andere danach richten. Er kann alleine essen, dem anderen etwas übriglassen oder schon schlafenge-
hen. Meine Arbeit bringt es mit sich, daß ich manchmal spät nach
Hause komme, und auch meine Frau verspätet sich zuweilen aufgrund von Besprechungen oder letzten Korrekturen. Beide haben
wir keinen Beruf, der pünktlich morgens um neun beginnt und
abends um fünf zu Ende ist. Machmal sind wir so beschäftigt, daß
wir drei Tage lang kaum ein Wort miteinander wechseln. Das läßt
sich nun mal nicht ändern. Irgendwie hat es sich so entwickelt. Deswegen halten wir uns zumindest immer an diese Regel, um den anderen nicht unnötig zu beunruhigen. Wenn es spät zu werden droht,
teilen wir das dem anderen per Telefon mit. Es ist schon mal vorgekommen, daß ich es vergessen habe, aber meiner Frau ist das noch
nie passiert.

Doch es war keine Nachricht auf dem Anrufbeantworter.

Ich warf die Zeitung beiseite, legte mich aufs Sofa und schloß die
Augen.

12

Ich träumte von einer Konferenz. Ich halte im Stehen eine Rede.
Aber ich verstehe nicht, was ich sage. Ich rede bloß. Wenn ich aufhö-
re zu reden, werde ich sterben. Ich darf nicht aufhören. Ich muß end-

los unverständliche Sätze von mir geben. Um mich herum sind schon alle tot. Sie sind tot und haben sich in Steine verwandelt. Lauter harte Steinfiguren. Ein Wind bläst. Die Fenster sind alle zerbrochen, von dort bläst der Wind herein. Und die TV-PEOPLE sind da. Es sind jetzt drei. So wie am Anfang. Sie tragen wieder einen Sony-Farbfernseher. Auf dem Bildschirm sieht man TV-PEOPLE. Ich bin im Begriff, meine Sprache zu verlieren. Zugleich spüre ich, wie meine Fingerspitzen allmählich erstarren. Ich bin dabei, zu Stein zu werden.

Als ich aufwachte, war das Zimmer in ein weißliches Licht getaucht. Eine Farbe wie in den Gängen eines Aquariums. Der Fernseher war an. Rundherum war alles bereits vollkommen dunkel, und in dieser Dunkelheit leuchtete mit leichtem Knistern der Bildschirm. Ich richtete mich auf und preßte meine Fingerspitzen gegen die Schläfen. Das Fleisch meiner Fingerkuppen war weich. Mein Mund schmeckte nach dem Bier, das ich vorm Einschlafen getrunken hatte. Ich schluckte die Spucke herunter. Meine Kehle war ausgetrocknet, und das Schlucken dauerte etwas. Wie immer nach einem realistischen Traum fühlte sich das Erwachen unwirklicher an als der Schlaf. Aber es stimmte nicht, das war die Wirklichkeit. Niemand war zu Stein geworden. Wieviel Uhr mag es wohl sein, fragte ich mich und sah zur Uhr auf dem Boden. Tarupp ku schaus tarupp ku schaus. Es war kurz vor acht.

Doch genau wie im Traum war auf dem Fernsehbildschirm einer der TV-PEOPLE zu sehen. Es war der gleiche, der auf der Treppe meiner Firma an mir vorbeigegangen war. Ohne Zweifel, er war es. Es war der, der die Tür geöffnet hatte und als erster ins Zimmer gekommen war. Ich war mir hundertprozentig sicher. Er stand vor einem fluoreszierenden weißen Hintergrund und sah die ganze Zeit zu mir herüber. Er war gleichsam das Schwanzende meines Traums, der sich in die Wirklichkeit verkrochen hatte. Ich schloß die Augen und öffnete sie in der Hoffnung, er wäre verschwunden. Aber er verschwand nicht. Im Gegenteil, er wurde immer größer. Er kam näher und näher, bis sein Gesicht das gesamte Bild ausfüllte.

Als nächstes trat er aus dem Fernseher heraus. Als stiege er aus einem Fenster, hielt er sich mit den Händen am Rahmen fest und schwang seine Beine mit einem Ruck heraus. Auf dem Bildschirm blieb nur das weiße Licht zurück.

Wie um seinen Körper an die Welt außerhalb des Fernsehers zu gewöhnen, rieb er sich mit den Fingern der rechten Hand die linke Hand. Eine ganze Weile lang rieb seine verkleinerte rechte seine verkleinerte linke Hand. Er hatte es nicht eilig. Er besaß eine Gelassenheit, als stünde ihm alle Zeit der Welt zur Verfügung. Wie ein erfahrener Fernsehmoderator. Dann sah er mich an.

»Wir bauen ein Flugzeug«, sagte er. Seiner Stimme fehlte jegliche Resonanz. Sie war dünn wie Papier.

Bei seinen Worten erschien auf dem Bildschirm eine schwarze Maschine. Es war wie in einer Nachrichtensendung. Die erste Einstellung zeigte einen Raum, der wie eine große Fabrikhalle aussah, dann folgte eine Großaufnahme des Arbeitsbereichs in der Mitte. Zwei TV-PEOPLE arbeiteten an der Maschine. Sie zogen mit Schraubenschlüsseln Bolzen fest und regulierten Meßgeräte. Sie waren ganz auf ihre Arbeit konzentriert. Die Maschine war sonderbar. Sie hatte eine zylindrische Form, die nach oben hin lang und dünn wurde, und hier und dort ragten stromlinienförmige Ausbuchtungen vor. Sie sah eher wie eine gigantische Orangenpresse aus und nicht wie ein Flugzeug. Es gab weder Flügel noch Sitze.

»Sieht nicht aus wie ein Flugzeug«, sagte ich. Es klang auch nicht wie meine Stimme. Eine seltsame Stimme. Als hätte man mit einem starken Filter alle Substanz herausgefiltert. Ich hatte das Gefühl, um Jahre gealtert zu sein.

»Das liegt wahrscheinlich daran, weil wir es noch nicht gestrichen haben«, sagte er. »Morgen wird es richtig gestrichen. Dann erkennt man sofort, daß es ein Flugzeug ist.«

»Die Farbe ist nicht das Problem. Es ist die Form. Das ist kein Flugzeug.«

»Was soll es denn sein, wenn es kein Flugzeug ist?« fragte er mich. Ich wußte es nicht. Was war es bloß?

»Deswegen, es liegt an der Farbe«, sagte er liebenswürdig. »Wenn wir es gestrichen haben, ist es ein richtiges Flugzeug.«

Ich verzichtete auf eine weitere Diskussion. Ist doch sowieso egal, dachte ich. Ob das nun ein orangenpressendes Flugzeug oder eine fliegende Orangenpresse ist, wen stört das schon? Macht doch keinen Unterschied. Warum kommt meine Frau nicht nach Hause? Ich preßte von neuem meine Fingerspitzen gegen die Schläfen. Das Ticken der Uhr schallte immer noch. Tarupp ku schaus tarupp ku schaus. Auf dem Tisch lag die Fernbedienung. Daneben lagen aufgestapelt die Frauenzeitschriften. Das Telefon gab noch immer keinen Laut von sich. Das Zimmer wurde von dem fahlen Licht des Fernsehers beleuchtet.

Auf dem Bildschirm setzten die TV-PEOPLE eifrig ihre Arbeit fort. Das Bild war jetzt viel schärfer als zuvor. Ich konnte sogar die Zahlen auf den Meßgeräten der Maschine lesen. Vage hörte ich das Dröhnen der Maschine. Taaabjurayifgg taaabjurayifgg arpp arpp. Hin und wieder wurde es von dem Kreischen regelmäßig aufeinanderschlagender Metalle übertönt. Ariiiiinbuts ariiiiinbuts. Weitere Geräusche mischten sich hinein, aber ich konnte sie nicht genau identifizieren. Doch die zwei TV-PEOPLE auf dem Bildschirm arbeiteten emsig weiter. Anscheinend ging es in der Sendung um die Maschine. Eine Weile sah ich ihnen bei der Arbeit zu. Auch der Kollege außerhalb des Bildschirms starrte schweigend auf den Fernseher. In weißes Licht getaucht, schwebte dort diese vollkommen rätselhafte pechschwarze Maschine. Ich konnte mir nicht helfen, aber sie sah nicht wie ein Flugzeug aus.

»Ihre Frau kommt nicht mehr zurück«, sagte der außerhalb des Bildschirms.

Ich sah ihn an. Vielleicht hatte ich nicht richtig verstanden. Ich starrte ihn an wie einen grellweißen Bildschirm.

»Ihre Frau kommt nicht mehr zurück«, sagte er in demselben Tonfall.

»Wieso?« fragte ich.

»Wieso? Weil es aus ist«, sagte er. Seine Stimme war flach wie die Plastikkartenschlüssel, die man in Hotels benutzt. Flach und ohne Intonation. Aus einem schmalen Spalt drang sie jäh wie eine Schneide in mich ein. »Weil es aus ist, deshalb kommt sie nicht zurück.«

Weil es aus ist, deshalb kommt sie nicht zurück, wiederholte ich innerlich. Monoton, ohne Realität. Ich erfaßte den Zusammenhang nicht. Die Ursache biß der Wirkung in den Schwanz und versuchte sie zu verschlingen. Ich stand auf und ging in die Küche. Ich öffnete den Eisschrank, holte tief Atem, nahm eine Dose Bier und kehrte zum Sofa zurück. Der von den TV-PEOPLE stand noch immer vor dem Fernseher und sah mir zu, wie ich den Verschlußring abzog. Er hatte den rechten Ellenbogen auf den Fernseher gestützt. Ich hatte keine besondere Lust auf Bier, doch es war unerträglich, nichts zu tun. Ich trank einen Schluck, aber es schmeckte nicht. Ich hielt die Dose in der Hand, bis sie zu schwer wurde und ich sie auf den Tisch stellte.

Ich dachte über seine Erklärung nach. Meine Frau käme nicht mehr zurück, es sei aus zwischen uns, hatte er gesagt. Das sei der Grund, warum sie nicht nach Hause käme.

Aber ich konnte nicht glauben, daß unsere Beziehung zu Ende war. Sicher, wir waren kein perfektes Paar. In den vier Jahren hatten wir uns mehrmals gestritten. Es gab zweifellos Probleme zwischen uns. Manchmal sprachen wir darüber. Manchmal konnten wir sie lösen, manchmal nicht. Die meisten der ungelösten Probleme ließen wir auf sich beruhen und hofften, daß die Zeit das ihre dazu beitrug. Gut, wir hatten Probleme. Das stimmte. Aber das war noch lange kein Grund, daß es aus sein sollte zwischen uns. Habe ich nicht recht? Gibt es etwa irgendein Paar ohne Probleme? Außerdem ist es erst kurz nach acht Uhr. Wahrscheinlich war es ihr aus irgendeinem Grund nicht möglich zu telefonieren. Es gibt viele Gründe, zum Beispiel … Aber mir fiel kein einziger ein. Ich war verwirrt.

Ich lehnte mich tief ins Sofa zurück.

Wie soll dieses Flugzeug – falls es überhaupt ein Flugzeug ist – eigentlich fliegen? überlegte ich. Womit wird es angetrieben? Wo sind die Fenster? Wo ist eigentlich vorne und wo hinten?

Ich war vollkommen erschöpft. Fix und fertig. Ich muß noch meiner Cousine absagen, dachte ich. Leider kann ich aufgrund von Arbeitsverpflichtungen nicht an deiner Hochzeit teilnehmen. Wirklich schade. Herzliche Glückwünsche.

Die beiden TV-PEOPLE im Fernseher arbeiteten weiter emsig an ihrem Flugzeug, ohne mir Beachtung zu schenken. Sie arbeiteten ohne Pause. Bis zur Fertigstellung dieser Maschine schien es noch endlos viel zu tun zu geben. Kaum war ein Arbeitsschritt abgeschlossen, begannen sie ohne Unterbrechung mit dem nächsten. Es gab keine Arbeitspläne oder Zeichnungen, doch sie wußten offenbar genau, was zu tun war und welcher Schritt der nächste war. Die Kamera folgte professionell ihren präzisen Bewegungen. Die Kameraeinstellungen waren nachvollziehbar und genau. Überzeugende Bilder. Wahrscheinlich waren weitere TV-PEOPLE (Nummer vier und Nummer fünf) für die Kamera und deren Steuerung zuständig.

Es mag seltsam klingen, doch je länger ich den TV-PEOPLE bei ihrem fast perfekten Arbeitsstil zusah, desto mehr ähnelte dieses Ding einem Flugzeug. Zumindest würde es mich nicht wundern, wenn es eins wäre. Was machte es schon, wo vorne und wo hinten war. Bei solch erstklassiger und präziser Arbeit mußte es ein Flugzeug sein. Auch wenn es vielleicht nicht so aussah, für sie war es ein

Flugzeug. Genau wie er gesagt hatte. *Was soll es denn sein, wenn es kein Flugzeug ist?*

Der außerhalb des Fernsehers hatte sich nicht von der Stelle gerührt. Er beobachtete mich, den rechten Ellenbogen auf den Fernseher gestützt. Ich wurde beobachtet. Die TV-PEOPLE im Fernseher arbeiteten weiter. Ich hörte das Ticken der Uhr. Tarupp ku schaus tarupp ku schaus. Das Zimmer war dunkel und stickig. Irgend jemand ging mit hallenden Schritten den Gang entlang.

Ja vielleicht, dachte ich plötzlich. Vielleicht kommt meine Frau wirklich nicht wieder. So wird es sein. Sie ist bereits ganz weit weg. Mit verschiedenen Verkehrsmitteln ist sie irgendwohin gefahren, weit entfernt, unerreichbar für mich. Vielleicht war es ja wirklich aus zwischen uns. Vielleicht war alles verloren. Und nur ich hatte nichts bemerkt. Alle möglichen Gedanken lösten sich in mir auf und flossen ineinander. »Mag sein«, sagte ich laut. Meine Stimme hallte hohl in meinem Körper wider.

»Wenn wir es morgen anstreichen, kann man es viel besser erkennen«, sagte der von den TV-PEOPLE. »Wenn wir es gestrichen haben, ist es ein richtiges Flugzeug.«

Ich sah auf meine Handflächen. Sie schienen etwas geschrumpft. Nur ein wenig. Vielleicht war es Einbildung. Vielleicht lag es auch nur am Licht. Vielleicht war mein Sinn für Proportionen aus dem Gleichgewicht geraten. Aber sie machen tatsächlich einen etwas geschrumpften Eindruck. Moment mal. Ich möchte etwas sagen. Ich muß etwas sagen. Da ist etwas, das ich zu sagen habe. Sonst schrumpfe ich, vertrockne und werde zu Stein. Wie alle anderen.

»Gleich wird das Telefon klingeln«, sagte der von den TV-PEOPLE. Er machte eine kleine Pause, als rechne er. »Noch fünf Minuten.«

Ich sah auf das Telefon. Ich dachte an das Telefonkabel. Tausende Telefonkabel, die alle Enden der Welt miteinander verbinden. An irgendeinem Ende dieses entsetzlichen Stromkreislabyrinths ist meine Frau, dachte ich. Ganz weit weg, unerreichbar für mich. Ich konnte ihren Puls fühlen. Noch fünf Minuten, dachte ich. *Wo ist vorne, wo hinten?* Ich stand auf und wollte etwas sagen. Aber als ich aufstand, waren mir die Worte entglitten.

Das Schweigen

Ich fragte Ōsawa, ob er jemals im Streit jemanden geschlagen habe. Ōsawa sah mich mit zusammengekniffenen Augen an, als blende ihn etwas.

»Warum fragen Sie das?«

Sein Blick war anders als sonst. Ein gleißendes Licht funkelte darin auf. Aber es währte nur einen kurzen Moment und verschwand sofort wieder. Auf seinem Gesicht erschien der gewöhnliche ruhige Ausdruck.

Meine Frage habe keine tiefere Bedeutung, sagte ich. Sie sei wirklich unwichtig. Ich habe sie ihm aus reiner Neugier gestellt, eine völlig unnötige Frage wahrscheinlich. Dann wechselte ich das Thema. Aber er stieg nicht richtig darauf ein. Er schien die ganze Zeit an etwas anderes zu denken. Irgend etwas belastete oder beunruhigte ihn. Ich starrte aus dem Fenster auf die silbrigen Passagierflugzeuge, die dort aufgereiht standen.

Der eigentliche Anlaß für meine Frage war, daß er mir erzählt hatte, er sei seit der Mittelschule in einem Boxverein. Um uns die Zeit bis zu unserem Flug zu vertreiben, hatten wir über alles mögliche geredet, und irgendwie waren wir aufs Boxen gekommen. Auch heute noch, mit einunddreißig, ging er einmal die Woche zum Training. In seiner Studentenzeit war er sogar mehrmals in Wettkämpfen für seine Universität angetreten. Ich war erstaunt. Ōsawa und ich hatten oft zusammen gearbeitet, aber ich wäre nie auf die Idee gekommen, daß er seit fast zwanzig Jahren boxte. Er war ruhig und mischte sich nicht in die Angelegenheiten anderer ein. Er arbeitete gewissenhaft und setzte einen nie unter Druck. Er mochte noch so beschäftigt sein, nie erhob er die Stimme oder verzog auch nur das

Gesicht. Nie habe ich gehört, daß er über irgend jemanden schlecht geredet oder sich beklagt hätte. Man mußte ihn einfach gern haben. Sein Benehmen war freundlich und angenehm, weit entfernt von jeglicher Aggressivität. Ich konnte mir nicht vorstellen, was diesen Menschen mit Boxen verbinden könnte. Deswegen hatte ich ihm diese Frage gestellt. Ich wollte wissen, warum er sich für Boxen entschieden hatte.

Wir saßen im Flughafenrestaurant und tranken Kaffee. Wir flogen zusammen nach Niigata. Es war Anfang Dezember, und der Himmel war mit dunklen schweren Wolken verhangen. Niigata war seit dem Morgen völlig eingeschneit, der Abflug unserer Maschine schien sich um einiges zu verzögern. Auf dem Flughafen wimmelte es von Menschen. Über Lautsprecher wurden ständig Verspätungen der Flüge bekanntgegeben, und alle Leute liefen mit ärgerlichen Mienen herum. Die Heizung des Restaurants war viel zu hoch gedreht, und ich wischte mir immer wieder mit dem Taschentuch den Schweiß ab.

»Eigentlich nie«, sagte Ōsawa plötzlich, nachdem er lange geschwiegen hatte. »Seit ich anfing zu boxen, habe ich niemanden geschlagen. Vom ersten Tag an wird dir das eingeschärft: Ein Boxer darf niemals ohne Boxhandschuhe außerhalb des Rings eine andere Person schlagen. Wenn ein normaler Mensch einen anderen schlägt und böse trifft, kann das Ärger geben. Doch bei einem Boxer ist es vorsätzlicher Angriff mit einem gefährlichen Werkzeug.«

Ich nickte.

»Aber um aufrichtig zu sein, einmal habe ich jemanden geschlagen«, sagte Ōsawa. »Ich ging in die zweite Klasse der Mittelschule. Es war kurz nachdem ich angefangen hatte zu boxen. Ich will mich nicht entschuldigen, aber ich hatte noch keine einzige Boxtechnik gelernt. Das Training beschränkte sich damals auf den Aufbau meiner körperlichen Kondition. Seilspringen, Dehnübungen, Laufen, solche Dinge. Außerdem wollte ich gar nicht schlagen. Ich war einfach furchtbar wütend, und ehe ich mich versah, hatte meine Hand zugeschlagen. Ich konnte sie nicht mehr stoppen. Als ich wieder bei mir war, lag der andere schon am Boden. Ich zitterte am ganzen Körper vor Wut.«

Ōsawa hatte zu boxen angefangen, weil ein Onkel von ihm einen Boxverein betrieb. Kein unbedeutender Boxverein irgendeiner Kleinstadt, wie es sie überall gab, sondern ein großer Verein, der schon zweimal den ostasiatischen Meister gestellt hatte. Seine Eltern schlugen ihm vor, dorthin zu gehen und seinen Körper zu kräftigen. Sie machten sich Sorgen um ihren Sohn, der immer nur in seinem Zimmer hockte und Bücher las. Ōsawa hatte eigentlich keine Lust, boxen zu lernen, aber da er seinen Onkel mochte, fing er mit dem Boxen an. Er könnte immer noch aufhören, wenn es ihm nicht gefiele. Nach ein paar Monaten jedoch, in denen er regelmäßig mit der Bahn fast eine Stunde zum Boxverein seines Onkels fuhr, war er zu seiner eigenen Überraschung ganz von diesem Sport eingenommen. Der wichtigste Grund dafür war, daß Boxen ein sehr schweigsamer und individueller Sport ist. Eine ihm bis dahin unbekannte Welt eröffnete sich. Eine vollkommen neue Welt. Sie ließ sein Herz unwillkürlich vor Freude erbeben. Der Geruch von Schweiß, den die Körper der älteren Männer ausströmten, das harte Quietschen der Lederhandschuhe beim Aufprall, die schweigende Konzentration der Männer auf ihre gezielten und schnellen Bewegungen, all das nahm langsam, aber sicher von ihm Besitz. Samstags und sonntags in den Boxverein zu fahren, wurde zu einem seiner wenigen Vergnügen.

»Ein Grund, warum mir Boxen gefiel, war die Tiefe, die darin liegt. Diese Tiefe hat mich gepackt, glaube ich. Das Schlagen und Geschlagenwerden selbst ist fast unwichtig. Es ist nur die Folge. Manchmal gewinnt man, manchmal verliert man. Wenn man diese Tiefe begreift, kann einen nichts mehr verletzen, auch wenn man verliert.

Man kann nicht immer gewinnen. Irgendwann verliert jeder. Wichtig ist, diese Tiefe zu begreifen. Darum geht es beim Boxen – jedenfalls für mich. Bei Wettkämpfen überkommt mich manchmal das Gefühl, als befände ich mich unten in einem tiefen, unglaublich tiefen Loch. Ich sehe niemanden und niemand sieht mich. Da unten kämpfe ich gegen die Finsternis. Ganz allein. Aber ich bin keineswegs traurig«, sagte Ōsawa. »Es gibt alle möglichen Formen von Alleinsein. Es gibt ein bitteres trauriges Alleinsein, das an den Nerven zehrt. Es gibt aber auch ein anderes Alleinsein. Um das zu erreichen, muß man hart an sich arbeiten. Wenn man sich sehr anstrengt, kommt immer etwas zurück. Das habe ich beim Boxen gelernt.«

Ōsawa schwieg eine Weile.

»Eigentlich will ich nicht darüber reden«, sagte er. »Ich würde diese Geschichte am liebsten ganz und gar vergessen. Aber das geht natürlich nicht. Was man vergessen will, vergißt man nie«, sagte Ōsawa und lachte. Er sah auf seine Uhr. Wir hatten noch viel Zeit. Langsam begann er zu erzählen.

Der Junge, den Ōsawa damals geschlagen hatte, war ein Klassenkamerad. Er hieß Aoki. Ōsawa haßte diesen Jungen vom ersten Augenblick an. Warum er ihn haßte, wußte er selbst nicht so richtig. Es war das erste Mal in seinem Leben, daß er jemanden so sehr verabscheute.

»Das kommt vor, oder?« sagte er. »Jedem kann das passieren. Man haßt jemanden ohne jeden Grund. Ich glaube zwar nicht, daß ich ein Mensch bin, der sinnlos andere haßt, aber bei bestimmten Leuten kann ich nicht anders. Es ist vollkommen irrational. Und das Komische ist, in den meisten Fällen beruht dieses Gefühl auf Gegenseitigkeit.

Aoki war ein sehr guter Schüler, er hatte fast immer die beste Note. Ich ging auf eine private Jungenschule, und Aoki war ziemlich beliebt. Die Klasse schätzte ihn, und er war der Liebling der Lehrer.

Aber ich konnte seine pragmatische Einstellung und seine intuitiv berechnende Art von Anfang an nicht ausstehen. Wenn man mich fragte, was mich genau an ihm störte, müßte ich passen. Ich wüßte kein Beispiel. Ich weiß nur, daß ich ihn durchschaute. Ich konnte diese Egozentrik und Überheblichkeit, die er ausstrahlte, instinktiv nicht ertragen. Wie bei jemandem, dessen Körpergeruch man physisch nicht erträgt. Aber Aoki war klug und verstand es, diesen Geruch geschickt zu verbergen. Die meisten meiner Klasse hielten ihn für gerecht, bescheiden und freundlich. Das zu hören empörte mich – doch ich sagte natürlich nichts.

Aoki und ich waren in jeder Hinsicht gegensätzlich. Ich war schweigsam und fiel nicht besonders auf. Ich bin grundsätzlich nicht der Typ, der gerne im Mittelpunkt steht, und Alleinsein macht mir nicht viel aus. Natürlich hatte ich ein paar Freunde, aber es waren keine tiefen Freundschaften. Irgendwie war ich frühreif. Anstatt mich mit den anderen zu treffen, las ich lieber Bücher, hörte mir die Klassikplatten meines Vaters an oder ging zum Boxen und hörte den Gesprächen der Älteren zu. Ich sehe auch nicht gut aus, wie man sieht. Meine Noten waren nicht schlecht, aber auch nicht gerade gut, und die Lehrer vergaßen oft meinen Namen. So ein Typ war ich. Ich war darauf bedacht, nicht aufzufallen. Ich erzählte niemandem, daß ich zum Boxen ging, und redete auch nicht über die Bücher, die ich las, oder über die Musik, die ich hörte.

Im Gegensatz dazu stand Aoki mit allem, was er tat, im Mittelpunkt – wie ein weißer Schwan auf einem dunklen See. Er war der Star der Klasse, der, auf den alle hörten. Er war klug, das mußte auch ich zugeben. Er war schnell. Er wußte im voraus, was der andere wollte oder dachte, und verstand es, dementsprechend zu reagieren. Alle bewunderten ihn. Aber ich war nicht beeindruckt. Mir war Aoki zu oberflächlich. Wenn er ein kluger Kopf war, machte es mir nichts, kein kluger Kopf zu sein. Er war scharfsinnig, aber er besaß keine Persönlichkeit. Er hatte nichts mitzuteilen. Wenn alle ihn bestätigten, war Aoki glücklich. Er war hingerissen von seinen eigenen Fähigkeiten. Er drehte sich immer nach dem Wind. Er hatte keine Substanz. Aber niemand erkannte das. Vielleicht war ich der einzige, der es merkte.

Ich glaube, daß Aoki ahnte, was ich von ihm hielt. Er hatte ein gutes Gespür dafür. Außerdem glaube ich, daß er sich mir gegenüber unbehaglich fühlte. Ich war nicht blöd. Vielleicht kein bedeutender Mensch, aber nicht dumm. Ich will mich nicht brüsten, aber ich hatte damals bereits meine eigene Welt. Für mein Alter hatte ich viel gelesen, und auch wenn ich es zu verbergen suchte, war ich wahrscheinlich stolz darauf und sah manchmal auch auf die anderen herab. Ich könnte mir vorstellen, daß dieser verschwiegene Stolz Aoki provoziert hat.

Eines Tages bekam ich dann im Englischtest am Ende des Semesters die beste Zensur. Es war das erste Mal, daß ich in einem Test am besten abschnitt. Aber es war kein Zufall. Irgend etwas wollte ich damals unbedingt haben – was, weiß ich nicht mehr –, und meine Eltern hatten versprochen, es mir zu kaufen, wenn ich in einer Prüfung die beste Arbeit schriebe. Ich entschied mich für Englisch und büffelte wie verrückt. Ich ging den ganzen Stoff von Anfang bis Ende durch. In jeder freien Minute übte ich die Verbformen. Ich arbeitete das Lehrbuch so oft durch, daß ich es fast auswendig konnte. Es wunderte mich deshalb nicht, als ich mit fast hundert Punkten die beste Note bekam. Es war ganz selbstverständlich.

Aber alle anderen waren völlig überrascht. Auch der Lehrer schien erstaunt zu sein. Aoki aber war schockiert. Er war immer der Beste in Englisch gewesen. Als der Lehrer die Arbeiten zurückgab, zog er ihn damit auf. Aoki wurde puterrot. Er glaubte wahrscheinlich, alle lachten ihn aus. Ein paar Tage später erfuhr ich, daß Aoki irgendwelche üblen Gerüchte über mich verbreitete. Daß ich bei der Prüfung geschummelt hätte. Wie hätte ich sonst die beste Arbeit schreiben können? Einige Klassenkameraden erzählten es mir. Als ich das hörte, wurde ich wahnsinnig wütend. Ich hätte darüber lachen und es einfach ignorieren sollen. Aber so gelassen war ich damals noch nicht. Ich ging also eines Tages in der Pause zu Aoki, nahm ihn beiseite und stellte ihn zur Rede: Mir wäre da etwas zu Ohren gekommen, was das zu bedeuten habe? Aoki tat, als hätte er nichts damit zu tun. Mach keine blöden Beschuldigungen, sagte er. Von dir brauche ich mir nichts sagen zu lassen. Bild dir bloß nichts ein, nur weil du versehentlich die beste Note bekommen hast. Jeder weiß doch, was war. So redete er. Dann stieß er mich zur Seite und wollte gehen. Weil er größer war als ich und kräftig, meinte er wahrscheinlich, daß er auch stärker sei. In dem Moment schlug ich zu. Es war ein Reflex. Erst kurz darauf wurde mir bewußt, daß ich Aoki mit aller Wucht eine Gerade auf die linke Wange verpaßt hatte. Aoki fiel seitwärts und schlug mit dem Kopf an die Wand. Es gab einen Knall. Blut tropfte aus seiner Nase auf sein weißes Hemd. Er blieb sitzen und sah mich mit verschwommenen Augen an. Er war völlig verblüfft und wußte nicht, was passiert war.

Doch schon in dem Augenblick, da meine Faust seinen Wangenknochen berührte, bereute ich, daß ich ihn schlug. Was auch immer der Grund gewesen sein mochte, ich hätte es nicht tun dürfen. Ich fühlte mich hundeelend. Ich begriff sofort, wie unsinnig meine Tat war. Ich bebte vor Wut und wußte gleichzeitig, daß ich etwas Blödes getan hatte.

Ich überlegte, ob ich mich bei Aoki entschuldigen sollte. Aber ich konnte nicht. Bei jedem anderen hätte ich mich sicher entschuldigt. Aber bei ihm war es absolut unmöglich. Ich bereute, Aoki geschlagen zu haben, aber ich war überzeugt, nichts Schlechtes getan zu haben. Ein Typ wie er hatte es verdient, geschlagen zu werden. Er war eine Schmeißfliege. Und Schmeißfliegen mußten zertreten werden.

Aber ich hätte ihn nicht schlagen dürfen. Das war eine Wahrheit, die ich intuitiv begriff. Doch es war zu spät. Ich hatte ihn geschlagen. Ich ließ Aoki liegen und ging weg.

Am Nachmittag erschien Aoki nicht zum Unterricht. Wahrscheinlich war er direkt nach Hause gegangen, dachte ich. Ich hatte ein schreckliches Gefühl, das mich nicht verließ. Was ich auch machte, ich fand keine Ruhe. Ich konnte keine Musik hören, kein Buch lesen, mich auf nichts konzentrieren. In meinem Magen saß etwas Dumpfes, es war, als hätte ich ein stinkendes Insekt verschluckt. Ich legte mich ins Bett und starrte auf meine Faust. Ich fühlte mich furchtbar einsam. Ich verabscheute Aoki mehr als je zuvor, weil er mir dieses Gefühl vermittelte.

Von dem Tag an ignorierte Aoki mich. Er tat, als gäbe es mich nicht. Wie immer bekam er in Prüfungen die besten Noten. Ich strengte mich nie wieder für Prüfungen an. Es war mir egal. Ich fand es lächerlich, wegen so etwas mit anderen zu wetteifern. Ich lernte genug, um nicht durchzufallen, und sonst tat ich, wozu ich Lust hatte. Ich ging weiter in den Boxverein meines Onkels. Mit vollem Eifer widmete ich mich dem Training. Für mein Alter wurde ich ziemlich kräftig. Ich spürte, wie sich mein Körper allmählich veränderte. Ich bekam breite Schultern, mein Brustumfang nahm zu. Mein Arme wurden fest, und mein Gesicht straffte sich. So ist Erwachsenwerden, dachte ich. Ich fühlte mich großartig. Jeden Abend stand ich nackt vor dem großen Spiegel im Badezimmer und genoß den Anblick meines Körpers.

Am Ende des Schuljahrs kam Aoki in eine andere Klasse. Ich war sehr erleichtert. Ich war glücklich, ihn nicht mehr jeden Tag sehen zu müssen. Aoki ging es wahrscheinlich genauso. Und ich dachte, daß mit ihm auch die unangenehme Erinnerung verschwinden würde. Aber so einfach ging das nicht. Aoki wartete nur darauf, sich an mir zu rächen. Wie viele hochmütige Menschen war Aoki rachsüchtig; er konnte eine einmal erlittene Demütigung nicht vergessen. Die ganze Zeit wartete er auf eine Gelegenheit, mir ein Bein stellen zu können.

Aoki und ich kamen auf dieselbe Oberschule. Die Privatschule umfaßte Mittel- und Oberschule. Die Klassen wurden jedes Jahr neu zusammengestellt, aber Aoki und ich kamen immer in verschiedene Klassen. Bis wir zuletzt, im dritten Jahr der Oberschule, doch wieder in einer Klasse saßen. Als ich ihn im Klassenzimmer entdeckte, überkam mich ein Unbehagen. Als sich unsere Blicke trafen und ich den Ausdruck in seinen Augen sah, spürte ich wieder den dumpfen Klumpen in meinem Magen. Es war ein böses Vorzeichen.«

Ōsawa machte eine Pause und starrte eine Weile in seinen Kaffee. Schließlich blickte er auf und sah mich mit einem leisen Lächeln an. Von draußen hörte man das Dröhnen eines Düsenjets. Eine Boeing 737 schoß wie ein Keil in die Wolken und verschwand.

Ōsawa setzte seine Erzählung fort.

»Das erste Halbjahr verlief ruhig und ohne nennenswerte Zwischenfälle. Aoki war wie immer. Er hatte sich seit der Mittelschule kaum verändert. Manche Menschen bleiben einfach auf einer Stufe stehen. Sie machen stets das gleiche auf die gleiche Weise. Er hatte nach wie vor die besten Noten und war immer noch beliebt. Er kannte sich mit den Schlichen des Lebens ganz gut aus. Mir war er immer noch genauso unsympathisch. Wir versuchten, uns möglichst aus dem Weg zu gehen. Es ist nicht gerade angenehm, mit einem Menschen, den man so verabscheut, in einem Klassenzimmer zu sitzen. Aber es ließ sich nicht ändern. Außerdem hatte ich selbst schuld.

Endlich kamen die Sommerferien. Die letzten Ferien in der Oberschule. Ich hatte keine schlechten Noten, und da ich nicht wählerisch war, würde ich es bestimmt auf eine annehmbare Universität schaffen. Ich strengte mich daher nicht übermäßig für die Aufnahmeprüfungen an. Ich lernte den täglichen Schulstoff und ging ihn nachher noch einmal durch. Meine Eltern machten keinen besonderen Druck. Samstags und sonntags ging ich zum Training, las Bücher oder hörte Musik. Die anderen aber büffelten nur noch. Unsere Schule – von der Mittelschule angefangen bis zur Oberschule – war eine sogenannte Paukschule. Die Lehrer redeten die ganze Zeit, aufmunternd und auch drohend, über nichts anderes, als wie viele Schüler auf welche Universität aufgenommen wurden und welchen Rang die Aufgenommenen auf welcher Universität belegt hatten. Auch die Schüler waren, wenn sie die dritte Klasse der Oberschule erreicht hatten, völlig durchgedreht. Im Klassenzimmer herrschte eine angespannte Atmosphäre. Mir gefiel dieser Druck nicht. Ich hatte ihn nicht gemocht, als ich dort anfing, und ich mochte ihn auch sechs Jahre später nicht. Bis zum Ende hatte ich keinen einzigen wirklichen Freund. Die, mit denen ich mich während meiner Oberschulzeit traf, waren alle aus dem Boxverein. Die meisten waren ein ganzes Stück älter als ich und arbeiteten bereits, aber ich verstand mich sehr gut mit ihnen. Nach dem Training gingen wir irgendwo ein Bier trinken und unterhielten uns über alles mögliche. Sie waren ganz anders als meine Mitschüler, und auch die Gespräche unterschieden sich vollkommen von denen in der Schule. Mit ihnen zusammen war ich viel entspannter. Und ich lernte auch viel von ihnen. Wenn ich nicht in den Boxverein meines Onkels gekommen wäre, wenn ich nicht geboxt hätte, wäre ich wahrscheinlich sehr einsam gewesen. Es schaudert mich jetzt noch, wenn ich daran denke.

Mitten in den Sommerferien ereignete sich dann dieser Vorfall. Ein Mitschüler aus meiner Klasse beging Selbstmord. Er hieß Matsumoto. Er war ein eher unauffälliger Schüler. Unauffällig ist eigentlich nicht das richtige Wort, er hinterließ vielmehr keinen Eindruck. Als ich von seinem Tod erfuhr, konnte ich mich noch nicht einmal genau an sein Gesicht erinnern. Er ging in dieselbe Klasse, aber wir hatten bloß zwei- oder dreimal miteinander gesprochen. Ich erinnere mich nur, daß er schmal und blaß war. Er starb kurz vor dem fünfzehnten August. Das weiß ich noch, weil sein Begräbnis auf den Gedenktag zum Kriegsende fiel. Es war furchtbar heiß an diesem Tag. Man hatte bei uns zu Hause angerufen und mitgeteilt, daß Matsumoto gestorben sei und alle am Begräbnis teilnehmen sollten. Alle aus meiner Klasse kamen. Er hatte sich vor die U-Bahn geworfen. Niemand wußte warum. Er hatte zwar einen Abschiedsbrief hinterlassen, aber darin stand nur, daß er nicht mehr zur Schule gehen wolle. Über die näheren Gründe, warum er nicht mehr zur Schule gehen wollte, hatte er nichts geschrieben. So hieß es jedenfalls. Die Schulverwaltung war ziemlich nervös. Nach dem Begräbnis mußten sich alle Schüler versammeln, und der Direktor hielt eine Ansprache. Matsumotos Tod sei erschütternd, und wir alle müßten die Last seines Todes tapfer auf uns nehmen und unsere ganzen Kräfte aufbieten, um die Trauer zu überwinden ... und ähnliche Floskeln.

Dann mußte unsere Klasse im Klassenzimmer antreten. Der Konrektor und der Klassenlehrer traten vor und forderten uns auf, wenn wir irgend etwas im Zusammenhang mit Matsumotos Selbstmord wüßten, dies unbedingt offenzulegen. Wenn einer aus der Klasse den Grund kenne, warum Matsumoto sich umgebracht hätte, solle er es sagen. Alle waren ganz still, niemand rührte sich.

Ich nahm das alles nicht sehr ernst. Ich empfand Mitleid für meinen Klassenkameraden, aber sein schrecklicher Tod erschien mir unsinnig. Wenn man die Schule haßt, geht man einfach nicht hin. Außerdem wäre es nach einem halben Jahr sowieso vorbei gewesen. Warum mußte man sich deshalb umbringen? Das konnte ich nicht verstehen. Wahrscheinlich war er neurotisch. Von morgens bis abends immer nur das Gerede über die Aufnahmeprüfungen, da konnte man wirklich verrückt werden.

Aber als die Sommerferien zu Ende waren und die Schule wieder anfing, schwebte eine seltsame Atmosphäre in der Klasse. Alle schienen sehr distanziert mir gegenüber. Wenn ich jemanden etwas fragte, bekam ich nur eine lapidare kurze Antwort. Zuerst glaubte ich, es läge an meiner Stimmung, oder daran, daß alle furchtbar nervös waren, und machte mir keine Gedanken. Aber fünf Tage nach Beginn des Halbjahres wurde ich plötzlich vom Klassenlehrer herausgerufen. Ich solle nach der Schule noch ins Lehrerzimmer kommen. Dort fragte mich der Klassenlehrer, ob es stimme, daß ich in einem Boxverein trainiere. Ich antwortete, daß das richtig sei, aber doch nicht gegen die Schulregeln verstoße. Er fragte mich, seit wann ich dorthin ginge. Ich antwortete, daß ich seit der zweiten Klasse der Mittelschule dorthin ginge. Er fragte mich, ob es stimme, daß ich Aoki während der Mittelschulzeit geschlagen habe. Das stimme, erwiderte ich. Ich kann nicht lügen. Er fragte weiter, ob das gewesen sei, bevor ich mit dem Boxen angefangen habe oder danach. Danach, sagte ich und erklärte, daß ich aber zu jener Zeit noch keinen Boxunterricht erhalten hatte, daß ich in den ersten drei Monaten noch nicht einmal Boxhandschuhe tragen durfte. Aber der Lehrer hörte mir nicht zu. Er fragte mich, ob ich Matsumoto geschlagen habe. Ich war perplex. Wie bereits erwähnt, hatte ich mit Matsumoto kaum gesprochen. Ich habe Matsumoto nicht geschlagen, warum hätte ich ihn schlagen sollen, sagte ich.

Der Lehrer machte ein ernstes Gesicht und sagte, daß Matsumoto offensichtlich ständig von jemandem geschlagen worden sei. Er sei oft mit blauen Flecken im Gesicht und am Körper nach Hause gekommen. Das habe seine Mutter berichtet. Er sei in der Schule, in unserer Schule, von jemandem geschlagen worden, und auch sein Taschengeld habe man ihm abgenommen. Matsumoto habe aber seiner Mutter keine Namen genannt. Er hatte wohl Angst, noch mehr geschlagen und gequält zu werden. Dann habe er aus Verzweiflung

Selbstmord begangen. Der arme Kerl, an niemanden habe er sich wenden können. Er sei ziemlich übel zugerichtet worden. Sie untersuchten jetzt, wer Matsumoto geschlagen habe. Falls ich etwas wüßte, solle ich es offen sagen. Dann könne man die Sache irgendwie regeln. Wenn nicht, würde die Polizei die Ermittlungen übernehmen. Ob ich das verstanden habe.

Ich wußte sofort, daß Aoki dahintersteckte. Aoki hatte Matsumotos Tod geschickt genutzt. Vielleicht hatte er noch nicht einmal gelogen. Irgendwie hatte er herausbekommen, daß ich in einen Boxverein ging. Ich hatte keine Ahnung, wie, aber jedenfalls wußte er es. Und er hatte gehört, daß Matsumoto von jemandem geschlagen worden war. Der Rest war einfach. Er brauchte nur zum Lehrer zu gehen und ihm zu erzählen, daß ich im Boxverein sei und ihn früher einmal geschlagen hätte. Natürlich hatte er ein bißchen übertrieben. Daß er von mir bedroht worden sei und deshalb bisher niemandem davon erzählt habe, daß er furchtbar geblutet habe und so weiter. Aber er hatte nichts direkt erfunden, was sich hinterher als Lüge herausstellen konnte. Was solche Dinge betraf, war er vorsichtig. Er hatte den einzelnen Tatsachen eine bestimmte Färbung verliehen und zum Schluß ein stichhaltiges Luftgebilde geschaffen. Ich kannte seine Tricks.

Der Lehrer sah mich an: Für ihn war ich der Täter. In seinen Augen war jemand, der boxte, schon verdächtig. Außerdem gehörte ich nicht zu den Schülern, die er mochte. Drei Tage später wurde ich zur Polizei bestellt. Ich war schockiert. Es gab überhaupt keinen Grund. Es gab keinen Beweis. Alles war bloßes Gerücht. Ich war unglaublich niedergeschlagen und böse. Niemand vertraute mir und dem, was ich sagte. Sogar die Lehrer, die unparteiisch hätten sein müssen, traten nicht für mich ein. Bei der Polizei wurde ich einem Verhör unterzogen. Ich erklärte, daß ich mit Matsumoto kaum ein Wort gewechselt hätte. Ich hätte den Schüler Aoki wirklich einmal vor drei Jahren geschlagen, aber das sei ein lächerlicher Streit gewesen, wie er überall vorkäme, und danach hätte ich nie wieder Ärger gehabt. Das war alles. Es gebe ein Gerücht, daß ich Matsumoto geschlagen habe, sagte der verantwortliche Polizist. Ich antwortete, das sei eine Lüge. Daß jemand aus böser Absicht diese dumme Lüge verbreitet habe. Darüber hinaus konnte der Polizist nichts tun. Es gab keinen einzigen Beweis. Alles war nur ein Gerücht.

Aber es sprach sich sofort in der ganzen Schule herum, daß ich von der Polizei vernommen worden war. Die Atmosphäre in der Klasse wurde noch eisiger. Von der Polizei vernommen zu werden konnte nur heißen, daß es einen Grund dafür gab. Alle schienen zu glauben, daß ich Matsumoto geschlagen hatte. Ich weiß nicht, was für Geschichten in der Klasse kursierten und was für Lügen Aoki verbreitet hatte. Ich wollte es auch nicht wissen. Aber es müssen ziemlich üble Sachen gewesen sein. Jedenfalls sprach niemand mehr ein Wort mit mir, als hätten sie sich untereinander abgesprochen. Vielleicht hatten sie sich wirklich abgesprochen. Auch wenn ich etwas fragte, was ich unbedingt wissen mußte, bekam ich keine Antwort. Sogar diejenigen, mit denen ich mich bisher immer freundlich unterhalten hatte, gingen mir aus dem Weg. Alle mieden mich, als hätte ich eine ansteckende Krankheit. Sie ignorierten mich einfach.

Aber nicht nur die Schüler, auch die Lehrer wichen mir aus. Beim Verlesen der Anwesenheitsliste nannten sie noch meinen Namen. Aber das war alles. Sie riefen mich niemals auf. Am schlimmsten war die Sportstunde. Bei Wettspielen kam ich in kein Team. Niemand wollte mit mir Übungen machen. Und der Lehrer versuchte noch nicht einmal, mir zu helfen. Stumm ging ich in die Schule, saß stumm im Unterricht und ging wieder nach Hause. Tag für Tag. Es war eine grauenvolle Zeit. Nach zwei oder drei Wochen verlor ich den Appetit. Ich nahm ab. Ich konnte nachts nicht mehr schlafen. Wenn ich mich ins Bett legte, klopfte mein Herz, Phantasien tauchten auf, und ich konnte nicht einschlafen. Auch tagsüber war mein Kopf wie benebelt. Ich nahm nicht mehr wahr, ob ich wachte oder schlief.

Manchmal ging ich noch nicht einmal mehr zum Boxtraining. Meine Eltern machten sich Sorgen und fragten mich, ob irgend etwas los sei. Aber ich sagte nichts. Nein, es ist nichts, ich bin bloß erschöpft, sagte ich. Es hätte nichts genutzt, mich ihnen anzuvertrauen. Wenn ich aus der Schule kam, schloß ich mich in mein Zimmer ein und starrte an die Decke. Ich lag apathisch auf dem Bett, guckte an die Decke und hing meinen Gedanken nach. Ich stellte mir alles mögliche vor. Die häufigste Vorstellung war, daß ich Aoki schlug. Ich griff mir Aoki, als er gerade alleine war, und schlug ihn immer und immer wieder. Typen wie du sind der Abschaum der Menschheit, sagte ich zu ihm und schlug ihn mit aller Wucht. Ich schlug endlos auf ihn ein, obwohl er schrie und heulend um Vergebung bat, ich schlug ihn, bis sein Gesicht vollkommen demoliert war. Am Anfang genoß ich es. Das geschieht dir recht, dachte ich. Ich fühlte mich befreit. Doch während ich auf ihn einschlug, wurde mir immer elender zumute. Ich ekelte mich vor mir selbst. Aber ich konnte die Phantasien nicht aufhalten. Sobald ich an die Decke sah, tauchte Aokis Gesicht auf, und eh ich mich versah, schlug ich ihn wieder. Ich konnte mich nicht mehr bremsen. Manchmal wurde mir bei dieser Vorstellung so schlecht, daß ich mich übergeben mußte. Ich hatte keine Ahnung, was ich machen sollte.

Ich dachte daran, öffentlich zu erklären, daß ich unschuldig sei. Wenn ich eine Schuld auf mich geladen hätte, sollten sie es mir beweisen. Ohne Beweise aber müßten sie aufhören, mich so zu strafen. Doch wer würde mir glauben? Und warum sollte ich mich vor diesen Leuten, die alles, was Aoki sagte, wie Kormorane schluckten, entschuldigen? Eine solche Verteidigung käme einer Kapitulation vor Aoki gleich. Ich wollte mit ihm nicht in einen Ring steigen.

Ich war wie gelähmt. Ich konnte Aoki weder schlagen noch bestrafen, noch die anderen von meiner Unschuld überzeugen. Mir blieb nur, zu schweigen und stumm auszuharren. Noch ein halbes Jahr. Dann war die Schule vorbei, und ich würde sie alle nie mehr wiedersehen. Ein halbes Jahr mußte ich dieses Schweigen erdulden. Sechs Monate. Aber ich war mir nicht sicher, ob ich auch nur einen Monat durchhalten könnte. Zu Hause strich ich jeden Tag im Kalender mit dem Filzstift schwarz aus. Wieder ein Tag, wieder ein Tag. Ich glaubte, erdrückt zu werden. Und wäre ich nicht eines Morgens Aoki begegnet, wäre ich wahrscheinlich wirklich erdrückt worden. Heute weiß ich, wie nahe ich damals dem Abgrund war.

Ungefähr nach einem Monat entkam ich dieser Hölle. Ich traf Aoki in der Bahn auf dem Weg zur Schule. Die Bahn war wie immer proppenvoll, man konnte sich kaum bewegen. Zwei oder drei Leute vor mir entdeckte ich über jemandes Schulter Aokis Gesicht. Wir standen uns direkt gegenüber. Auch er hatte mich bemerkt. Wir blickten uns lange an. Ich muß damals schrecklich ausgesehen haben. Ich schlief kaum und war nahe daran, neurotisch zu werden. Sein Blick war höhnisch. Siehst du! schien er zu sagen. Ich wußte, daß Aoki alles eingefädelt hatte, und er wußte, daß ich es wußte. Wir starrten uns eine ganze Weile an. Dabei überkam mich ein sonderbares Gefühl, das ich noch nie zuvor verspürt hatte. Natürlich war ich wütend auf Aoki. Ich haßte ihn, manchmal sogar so sehr, daß ich ihn töten wollte. Aber damals in der Straßenbahn spürte ich weder Wut noch Haß, eher eine Art Trauer oder Mitleid. Konnte er darauf stolz sein, triumphierte er wirklich? War das alles, um ihn zufriedenzustellen und glücklich zu machen? Mich überkam eine tiefe Niedergeschlagenheit. Aoki würde nie verstehen, was wirkliche Freude oder wirklicher Stolz waren, dachte ich. Manchen Menschen fehlt es an Tiefe. Ich möchte nicht behaupten, daß ich Tiefe besäße. Es geht mir darum, ob man überhaupt die Fähigkeit besitzt, das Vorhandensein dieser Tiefe zu erkennen. Menschen wie Aoki besaßen sie nicht. Ihr Leben war leer und schal. Sie mochten die Aufmerksamkeit der anderen auf sich lenken, sie mochten triumphieren, aber sie hatten keine Substanz. Sie waren völlig belanglos.

Ich sah ihn die ganze Zeit ruhig an, während mir diese Gedanken durch den Kopf gingen. Das Bedürfnis, ihn zu schlagen, verschwand. Er war mir egal. So egal, daß es mich überraschte. Ich wollte die restlichen fünf Monate Schweigen ertragen. Und ich wußte, daß ich es konnte. Ich spürte wieder meinen Stolz. Ich wußte, daß ich mich von so einem Menschen wie Aoki nicht unterkriegen lassen wollte.

Dieser Blick traf Aoki. Wir sahen uns lange an. Er dachte wahrscheinlich, er würde verlieren, wenn er seinen Blick abwandte. Bis zur nächsten Station hielten wir beide stand. Doch zuletzt zitterten seine Augen. Es war nur ein leichtes Zittern, aber ich bemerkte es sofort. Ganz deutlich. Es waren die Augen eines Boxers, dessen Beine versagten. Er will sie bewegen, aber sie bewegen sich nicht. Er merkt es nicht einmal, er glaubt noch, sie bewegten sich. Aber sie sind steif, und auch die Schultern sind nicht mehr geschmeidig. Seine Schläge haben keine Kraft. Dieser Blick war es. Irgend etwas ist komisch, spürte er, aber er wußte nicht was und wieso.

Danach erholte ich mich. Ich schlief tief und fest, aß ordentlich und ging wieder regelmäßig zum Training. Ich werde nicht unterliegen, dachte ich. Es ging nicht mehr darum, Aoki zu bezwingen, ich durfte dem Leben gegenüber nicht verlieren. Ich durfte mich nicht durch Verachtung und Beleidigungen unterkriegen lassen. Ich hielt die fünf Monate durch. Ich redete mit keinem ein Wort. Immer wieder sagte ich mir: nicht ich bin im Unrecht, sondern die anderen. Jeden Tag ging ich erhobenen Hauptes zur Schule und kehrte erhobenen Hauptes zurück. Nach dem Abschluß der Oberschule ging ich auf eine Universität in Kyūshū. So weit weg würde ich sicher keinem aus meiner Oberschule begegnen.«

An diesem Punkt seiner Erzählung angelangt, stieß Ōsawa einen tiefen Seufzer aus. Er fragte mich, ob ich noch einen Kaffee wolle. Ich lehnte ab. Ich hatte schon drei Tassen getrunken.

»Solche Erfahrungen verändern einen Menschen, ob er will oder nicht«, sagte er. »Sie verändern ihn zum Guten oder zum Schlechten. Ich glaube, daß ich dadurch viel aushalten kann. Verglichen mit dem, was ich in diesem halben Jahr durchgemacht habe, waren die Leiden, die mir danach widerfuhren, kaum noch Leiden. Verglichen damit war fast alles erträglich. Ich wurde sensibler für die Verletzungen und Schmerzen, die andere in meiner Umgebung erlitten. Das war das Gute daran. Und aufgrund dessen habe ich ein paar wirkliche Freunde gewonnen. Aber es gibt auch eine negative Seite. Ich traue den Menschen nicht mehr bedingungslos. Ich bin kein Misanthrop, das meine ich nicht. Ich habe Frau und Kinder. Ich habe eine Familie gegründet, und wir beschützen uns gegenseitig. Ohne Vertrauen wäre das nicht möglich. Aber ich muß immer wieder denken: Wir führen zwar im Moment ein ruhiges Leben, aber wenn irgend etwas passiert, wenn irgend etwas Schreckliches passiert und alles umkehren würde, wüßte ich nicht, wie es weitergeht. Vielleicht glaubt mir plötzlich niemand mehr, was ich sage, oder dir, was du sagst. Das geschieht ganz unvermittelt. Eines Tages ist es auf einmal so. Daran muß ich immer denken. Dieses eine Mal war es nach sechs Monaten vorbei. Aber niemand weiß, wie lange es das nächste Mal dauert. Und ich bin mir auch keineswegs sicher, wie lange ich das noch einmal aushielte. Wenn ich darüber nachdenke, bekomme ich manchmal richtig Angst. Oft träume ich nachts davon und schrecke hoch. Dann wecke ich meine Frau, klammere mich fest an sie und weine. Manchmal weine ich stundenlang. Ich habe furchtbare Angst, es ist unerträglich.«

Er hörte auf zu sprechen, sah aus dem Fenster und betrachtete die Wolken. Sie hatten sich kaum bewegt. Wie ein Deckel hingen sie schwer am Himmel. Ihre Schatten tauchten alles in Grau: den Kontrollturm, die Flugzeuge, die Transporter, die Gangways, die Menschen in ihrer Arbeitskleidung.

»Es sind nicht Menschen wie Aoki, vor denen ich Angst habe. Solche Menschen gibt es überall. Was das angeht, habe ich resigniert. Wenn ich ihnen begegne, versuche ich möglichst nichts mit ihnen zu tun zu haben. Ich gehe ihnen aus dem Weg. Das ist nicht besonders schwer. Ich erkenne sie sofort. Zugleich bewundere ich Leute wie Aoki aber auch. Nicht jeder besitzt die Fähigkeit, so lange stillzuhalten, bis die Gelegenheit sich ergibt, und sie dann sicher zu ergreifen; die Fähigkeit, sich geschickt der Gefühle anderer zu bemächtigen und sie gegen jemanden aufzuhetzen. Ich hasse diese Charakterzüge zwar so sehr, daß ich kotzen könnte, dennoch sind es Fähigkeiten. Das muß ich anerkennen.

Wovor ich aber wirklich Angst habe, sind Leute, die Typen wie Aoki alles blind glauben. Diese Leute, die selbst nichts zuwege bringen, nichts verstehen, die sich von den bequemen und leicht übernehmbaren Meinungen anderer leiten lassen und nur in Gruppen auftreten. Diese Leute, die nie auf die Idee kämen, daß sie vielleicht irgend etwas falsch machen könnten. Denen niemals auffällt, daß sie einen anderen sinnlos und brutal verletzen könnten. Sie übernehmen keine Verantwortung für das, was sie tun. Vor solchen Leuten habe ich wirklich Angst. Und wenn ich nachts träume, dann von ihnen. In Träumen ist nur das Schweigen. Die Leute in meinen Träumen haben keine Gesichter. Wie eisiges Wasser dringt das Schweigen überall ein. Alles löst sich in diesem Schweigen auf. Auch ich löse mich auf. Ich schreie, so laut ich kann, aber niemand hört mich.«

Ōsawa schüttelte den Kopf.

Ich wartete, daß er weitererzählte, aber er war zu Ende. Ōsawa legte seine Hände auf den Tisch und schwieg.

»Es ist noch früh, wie wär's mit einem Bier?« fragte er kurz darauf.

»Ja, trinken wir eins«, sagte ich. Ich hatte tatsächlich Lust auf ein Bier.

Das grüne Monster

Wie immer ging mein Mann zur Arbeit, und ich blieb zurück und hatte nichts zu tun. Ich hatte keine Ahnung, was ich tun könnte. Ich setzte mich auf einen Stuhl ans Fenster und starrte durch die Vorhänge in den Garten. Nicht, daß es einen besonderen Grund dafür gegeben hätte. Ich sah einfach ohne bestimmtes Ziel in den Garten, weil es nichts anderes zu tun gab. Vielleicht, dachte ich, fällt mir etwas ein, was ich machen könnte. Es war vor allem eine Eiche, die ich unter den verschiedenen Dingen im Garten betrachtete. Ich hatte diese Eiche schon immer gemocht. Als Kind hatte ich sie selbst dort gepflanzt, und ich hatte zugesehen, wie sie wuchs. Sie war für mich wie eine Freundin. Wir unterhielten uns oft miteinander.

Ich glaube, auch diesmal sprach ich im stillen mit ihr. Doch worüber wir sprachen, weiß ich nicht mehr. Ich erinnere mich auch nicht, wie lange ich dort saß. Wenn ich in den Garten sehe, verrinnt die Zeit. Es muß jedoch eine ganze Weile gewesen sein, denn ringsherum dämmerte es bereits. Plötzlich hörte ich von irgendwoher, weit entfernt, ein seltsames dunkles Murmeln. Zuerst glaubte ich, es käme aus meinem Körper. Es war wie eine Halluzination, wie eine dunkle Vorahnung, die mein Körper in seinem Inneren spann. Ich hielt den Atem an und lauschte auf das Geräusch. Langsam, aber sicher kam es näher. Ich hatte keine Vorstellung, was das für ein Geräusch sein konnte. Ich bekam eine Gänsehaut, so unheimlich war es.

Es dauerte nicht lange, da schwoll und wölbte sich die Erde am Fuße der Eiche, als ob eine schwere Flüssigkeit an die Oberfläche dränge. Erneut hielt ich den Atem an. Der Erdhügel brach auf, die Erde teilte sich, und spitze Krallen kamen zum Vorschein. Ich ballte meine Hände zu Fäusten, und angestrengt heftete ich meinen Blick darauf. Gleich passiert etwas, dachte ich. Die Krallen scharrten energisch die Erde zur Seite, das Loch wurde schnell größer. Und aus dem Loch kam ein grünes Monster gekrochen.

Das Monster war mit schillernden grünen Schuppen bedeckt. Es schlüpfte aus der Erde, schüttelte sich und klopfte die Erde von seinen Schuppen. Es hatte eine sonderbare lange Nase, deren Grün zur Spitze hin immer dunkler wurde. Das Ende war schmal und dünn wie eine Peitsche. Nur seine Augen waren wie die eines Menschen. Ich schauderte. In diesen Augen wohnten richtige Gefühle. Genau wie bei dir und mir.

Langsam näherte sich das Monster dem Eingang unseres Hauses und klopfte mit seiner dünnen Nasenspitze an die Tür. Dong dong dong dong, hallte es trocken im Haus wider. Ich schlich, damit das Monster mich nicht bemerkte, auf Zehenspitzen ins hintere Zimmer. Ich konnte noch nicht einmal schreien. In unserer Umgebung stand kein einziges Haus, und mein Mann kam erst spät in der Nacht von der Arbeit zurück. Ich konnte auch nicht zur Hintertür hinaus fliehen, denn in unserem Haus gab es nur eine Tür, und an diese klopfte das eklige grüne Monster. Ich atmete die ganze Zeit so leise ich konnte und tat, als existierte ich nicht. Ich hoffte, das grüne Monster würde aufgeben und irgendwohin verschwinden. Aber das Monster gab nicht auf. Es machte seine Nasenspitze noch dünner, steckte sie ins Schlüsselloch, tastete ruckelnd darin herum und öffnete schließlich einfach das Schloß. Mit einem Klicken löste sich der Schnapper, dann öffnete sich die Tür ein wenig. Stück für Stück schob sich die Nase durch den Spalt. Wie eine Schlange, die ihren Kopf reckt, um die Lage zu erforschen, blickte sie sich eine ganze Weile in alle Richtungen um. Ich hätte lieber gleich bei der Tür mit einem Messer warten und die Nasenspitze mit einem Schlag abhacken sollen, dachte ich. Ich habe in der Küche eine ganze Reihe scharfer Messer. Doch als hätte es meine Gedanken durchschaut, grinste das Monster. »Auch wenn du das getan hättest, hätte es dir nichts ververnützt«, sagte das grüne Monster. Es hatte eine sonderbare Art zu sprechen. Als habe es nicht richtig sprechen gelernt. »Meine Nase ist ist ist wie der Schwanz einer Eidechse, auch wenn man sie noch so oft abschneidet, sie wächst immer wieder nach. Jedesmal wird sie stästärker und länger. Es ist ausausaussichtslos.« Daraufhin ließ das Monster seine unheimlichen Augen wie Kreisel rollen.

Kann dieses Wesen etwa menschliche Gedanken lesen? fragte ich mich. Das wäre schrecklich. Ich ertrage es nicht, daß irgend jemand, wie es ihm gefällt, meine Gedanken liest. Besonders, wenn es sich dabei um ein undurchschaubares unheimliches Monster handelt. Mir brach am ganzen Körper kalter Schweiß aus. Was hat dieses Wesen eigentlich mit mir vor? Will es mich fressen? Oder mich mit sich unter die Erde nehmen? Gott sei Dank ist es nicht so häßlich, daß ich es nicht ansehen könnte, dachte ich. An seinen dünnen rosa Armen und Beinen, die unter den grünen Schuppen hervortraten, wuchsen lange Krallen, die von außen fast niedlich wirkten. Bei näherem Hinsehen schien das Monster nicht unbedingt böse zu sein oder feindliche Absichten gegen mich zu hegen.

»Natürlich nicht«, sagte es und neigte seinen Kopf. Dabei klapperten seine grünen Schuppen, als habe man leicht an einem mit Kaffeetassen vollgestellten Tisch gerüttelt. »Ich hat nicht vor, Sie zu fressen, was für eine schreckliche Vorstellung. Was sagt Sie da bloß? Ich hegt keine bösen oder feindlichen Absichten gegen Sie, keikeineswegs«, sagte das Monster. Keine Frage, dieses Wesen kannte jeden meiner Gedanken.

»Hören Sie, meine Dame meine Dame, ich ist verkommen, um Ihnen einen Heiratsantrag zu machen. Versteht Sie? Ich ist extra von tief tief unten heraufverkrochen verkommen. Es war äußerst schwierig. Ich mußte viel viel Erde wegscharren. Meine Krallen sind ganz ruiniert. Wenn ich böse Absichten hegte böse Absichten hegte böse

Absichten hegte, hätte ich solche Strapazen wohl nicht auf mich vernommen. Ich liebt Sie liebt Sie, ich konnte es nicht mehr aushalten, deswegen ist ich hierher gekommen. Ich hat tief tief dort unten immer an Sie verdacht. Ich hat es nicht mehr ausverhalten und ist hierher heraufverkrochen krochen. Alle haben versucht, mich umzustimmen. Aber ich konnte es nicht mehr ausverhalten. Es hat ziemlich viel Mut ververkostet. Denn Sie könnte es ja auch schamlos finden, daß ein Monster wie ich um Ihre Hand anhält.«

In der Tat, dachte ich im stillen. Du bist ein unverschämtes Monster, einfach um meine Hand anzuhalten.

In diesem Moment zeigte sich ein Ausdruck der Trauer auf dem Gesicht des Monsters. Und auch die Schuppen nahmen, als ob sie seine Traurigkeit nachempfänden, eine leicht violette Färbung an. Der ganze Körper des Monsters schien ein wenig kleiner geworden zu sein. Mit verschränkten Armen starrte ich auf das geschrumpfte Monster. Möglicherweise verwandelt sich das Monster, sobald sich seine Gefühle verändern. Vielleicht verbirgt sich hinter seinem eklig garstigen Aussehen ein Herz, das weich und verletzbar ist wie ein frischer Marshmallow. Wenn das stimmt, stehen meine Chancen nicht schlecht. Ich machte einen erneuten Versuch. Du bist ein garstiges Monster, dachte ich mit lauter Stimme. So laut, daß mein Herz davon widerhallte. *Du bist ein garstiges Monster.* Die Schuppen des Monsters färbten sich zusehends violett. Seine Augen schwollen dramatisch an, als füllten sie sich mit all meiner Bosheit. Wie grüne Feigen traten sie aus seinem Gesicht hervor, und dicke Tränen kullerten heraus wie roter Saft.

Ich hatte keine Angst mehr vor dem Monster. Ich versuchte, mir die grausamsten Szenen vorzustellen, die ich mir ausdenken konnte. Mit Draht fesselte ich das Monster an einen großen schweren Stuhl und rupfte ihm mit einer spitzen Pinzette einzeln jede seiner grünen Schuppen aus. Ich erhitzte die Spitze eines scharfen Messers über dem Feuer, bis sie glühte, und brachte ihm mehrere tiefe Schnitte in seine fetten weichen pfirsichfarbenen Waden bei. Ich bohrte ihm mit aller Kraft einen glühenden Lötkolben in seine wie Feigen aufgequollenen Augen.

Immer, wenn ich mir etwas Neues ausgedacht hatte, krümmte sich das Monster unter unerträglichen Schmerzen, stieß lange gequälte Schreie aus, wand sich und litt, als sei es diesen Torturen tatsächlich ausgesetzt. Bunte Tränen traten aus seinen Augen, eine dickliche Flüssigkeit tropfte herab, und aus seinen Ohren stieg graues Gas, das nach Rosen duftete. Aus seinen geschwollenen Augen sah es mich die ganze Zeit vorwurfsvoll an. »Meine Dame, ich bittet Sie, um Gottes willen, denkt Sie nicht solch schreckliche Dinge«, sagte das Monster. »Auch wenn Sie sie nurnurnur denkt, tut Sie es bitte nicht«, sagte das Monster traurig. »Ich hat nichtsichts Böses im Sinne. Ich tut Ihnen bestimmt nichts Böses. Ich hat nur an Sie verdachtdachtdacht.«

Aber ich hörte gar nicht hin. Das ist kein Spaß! Du kommst aus meinem Garten hervorgekrochen, schließt ohne jede Entschuldigung die Tür auf und betrittst einfach mein Haus, dachte ich. Ich habe dich nicht hergebeten. Ich denke, was ich will; das ist mein Recht. Und ich dachte mir noch schrecklichere Dinge aus. Mit allen möglichen Maschinen und Werkzeugen folterte und zerlegte ich den Körper des Monsters. Ich ließ keine Methode aus, mit der man lebendige Wesen quälen und sie in ihren Qualen sich winden lassen kann. Monster, du kennst die Frauen nicht. In diesen Dingen bin ich sehr erfinderisch, sehr erfinderisch.

Doch bald zerliefen die Konturen des Monsters, und sogar seine prächtige grüne Nase schrumpfte, bis sie aussah wie ein Regenwurm. Das Monster krümmte und wand sich am Boden. Seine Lippen bewegten sich, als wollte es mir zuletzt noch etwas sagen. Es war ganz ernst, als wollte es mir eine ungeheuer wichtige alte Weisheit übermitteln, die es weiterzugeben vergessen hatte. Aber seine Lippen hielten inne vor Schmerz, verschwammen und verschwanden schließlich ganz. Die Gestalt des Monsters wurde dünn wie ein Schatten in der Abendsonne, einzig seine traurigen geschwollenen Augen hingen noch in der Luft, als falle es ihnen schwer, sich zu trennen. Das hat auch keinen Zweck, dachte ich. Was du auch siehst, es nützt dir nichts. Du kannst nichts sagen. Du kannst nichts tun. Dein Leben ist ausgelebt, vorbei. Bald darauf lösten sich auch die Augen in Leere auf, und still senkte sich die Dunkelheit der Nacht ins Zimmer.

Der tanzende Zwerg

Im Traum erschien mir ein Zwerg und fragte mich, ob ich tanzen wolle.

Ich wußte genau, daß ich träumte. Aber ich war müde im Traum, so wie ich es zu jener Zeit wirklich war. »Tut mir leid, aber ich bin müde, und mir ist nicht nach Tanzen zumute«, lehnte ich höflich ab. Den Zwerg schien das nicht zu kränken. Er tanzte allein.

Er stellte einen tragbaren Plattenspieler auf den Boden, legte eine Platte auf und tanzte. Überall um den Plattenspieler verstreut lagen Platten. Ich nahm ein paar in die Hand. Es war alle mögliche Musik darunter, als hätte der Zwerg die Platten blind, so wie sie ihm in die Finger kamen, gegriffen. Fast keine Platte steckte in der richtigen Hülle. Der Zwerg warf die gespielten Platten einfach auf den Boden, ohne sie in ihre Hüllen zurückzuschieben. Am Ende wußte er nicht mehr, welche Platte wohin gehörte, und steckte sie aufs Geratewohl irgendwo hinein. Die Rolling Stones befanden sich in einer Glenn-Miller-Orchestra-Hülle, und in der Hülle von Ravels *Daphne und Chloe* steckte eine Platte des Mitch Miller Chors.

Aber den Zwerg schien dieses Durcheinander nicht zu kümmern. Solange die Musik spielte und er dazu tanzen konnte, war er zufrieden. Gerade tanzte er zu einer Platte von Charlie Parker, die einer Hülle mit dem Titel *Meisterwerke der Gitarre* entstammte. Der Zwerg nahm die rasend schnellen Phrasen Charlie Parkers in sich auf und tanzte wie ein Wirbelwind. Ich aß Trauben und sah ihm dabei zu.

Der Zwerg schwitzte beim Tanzen. Wenn er seinen Kopf schwang, sprühten die Schweißtropfen zu allen Seiten, und wenn er mit den Armen wirbelte, flogen sie von seinen Fingerspitzen. Aber er tanzte ohne Unterlaß weiter. War eine Platte zu Ende, setzte ich die Schüssel mit den Trauben ab und legte eine neue Platte auf. Und der Zwerg tanzte weiter.

»Du tanzt großartig«, sprach ich ihn an. »Als wärest du selbst Musik.«

»Danke«, sagte der Zwerg etwas affektiert.

»Tanzt du immer so?« fragte ich ihn.

»Ich glaube schon«, sagte der Zwerg.

Dann stellte er sich auf die Zehenspitzen und vollführte eine vollkommene Drehung. Sein buschiges weiches Haar wehte im Wind. Ich klatschte. Noch nie hatte ich jemanden so phantastisch tanzen sehen. Der Zwerg verbeugte sich galant, und das Stück war zu Ende. Er hörte auf zu tanzen und trocknete sich mit einem Handtuch den Schweiß ab. Die Plattennadel drehte sich kratzend in der Innenrille. Ich hob den Tonarm hoch und schaltete den Plattenspieler aus. Dann steckte ich die Platte in eine der leeren Plattenhüllen.

»Es ist eine lange Geschichte«, sagte der Zwerg und blickte kurz zu mir herüber, »du hast wahrscheinlich nicht viel Zeit, oder?«

Ich wußte nicht, was ich antworten sollte, und griff nach den Trauben. Zeit hatte ich genug, aber nicht unbedingt Lust, mir die lange Lebensgeschichte eines Zwergs anzuhören. Außerdem war dies ein Traum. Träume dauerten nicht so lange. Er könnte jederzeit verschwinden.

»Ich komme aus einem Land im Norden«, begann der Zwerg, ohne meine Antwort abzuwarten, und schnippte mit den Fingern. »Im Norden tanzen die Menschen nicht. Niemand weiß, wie man tanzt. Sie wissen nicht einmal, daß es Tanz überhaupt gibt. Aber ich wollte tanzen. Ich wollte mit meinen Füßen stampfen, meine Arme herumwirbeln, meinen Kopf schwingen und mich im Kreise drehen. So.«

Der Zwerg stampfte mit den Füßen, wirbelte seine Arme herum, schwang seinen Kopf und drehte sich im Kreise. Alle Bewegungen brachen gleichzeitig aus seinem Körper hervor, dem Zerspringen einer Lichtkugel gleich. Keine der vier Bewegungen war besonders schwierig, zusammen aber waren sie von atemberaubender Schönheit.

»So wollte ich tanzen. Deshalb kam ich in den Süden. Ich wurde Tänzer und tanzte in den Schenken. Ich wurde berühmt und tanzte sogar vor dem Kaiser. Das war natürlich vor der Revolution. Als die Revolution ausbrach, starb der Kaiser, wie du weißt. Ich wurde aus der Stadt gejagt und lebe seither in den Wäldern.«

Der Zwerg trat wieder in die Mitte der Lichtung und begann zu tanzen. Ich legte eine Platte auf. Es war eine alte Platte von Frank Sinatra. Der Zwerg tanzte und sang zusammen mit Sinatra *Night and Day*. Ich stellte mir den tanzenden Zwerg vor dem Thron des Kaisers vor. Prunkvolle Kronleuchter und wunderschöne Edeldamen, erlesene Früchte und die Lanzen der kaiserlichen Garde, aufgeschwemmte Eunuchen, der jugendliche Kaiser in einem juwelenbesetzten Gewand und davor der naßgeschwitzte, besessen tanzende Zwerg … Als ich mir so die Szene ausmalte, glaubte ich, in weiter Ferne den Kanonendonner der Revolution zu hören.

Der Zwerg tanzte weiter, und ich aß Trauben. Die Sonne neigte sich gen Westen, und die Bäume bedeckten mit ihren schwarzen Schatten die Erde. Ein riesiger Schmetterling, fast so groß wie ein Vogel, flog über die Lichtung und verschwand wieder in den Tiefen des Waldes. Die Luft war kühl. Ich spürte, daß die Zeit gekommen war.

»Ich muß langsam gehen«, sagte ich zum Zwerg.

Der Zwerg hörte auf zu tanzen und nickte schweigend.

»Danke, daß ich dir beim Tanzen zusehen durfte. Es hat großen Spaß gemacht«, sagte ich.

»Schon gut«, sagte der Zwerg.

»Wir werden uns vielleicht nicht mehr wiedersehen. Laß es dir gut gehen«, sagte ich.

»Wir sehen uns noch«, sagte der Zwerg und wiegte den Kopf.

»Wieso?« fragte ich.

»Weil du wiederkommen wirst. Du wirst hierherkommen und im Wald leben und jeden Tag mit mir tanzen. Bald wirst du selbst ein großartiger Tänzer sein.« Der Zwerg schnippte mit den Fingern.

»Warum sollte ich im Wald leben und mit dir tanzen?« fragte ich erstaunt.

»So ist es beschlossen«, antwortete der Zwerg. »Niemand kann etwas daran ändern. Wir werden uns bald wiedersehen.«

Der Zwerg sah zu mir auf. Die Dunkelheit hatte seine Gestalt bereits in ein tiefes Blau getaucht, blau wie Wasser bei Nacht.

»Also dann«, sagte der Zwerg.

Und er wandte mir den Rücken zu und begann wieder zu tanzen.

Als ich aufwachte, war ich allein. Ich lag auf dem Bauch und war naßgeschwitzt. Draußen vor dem Fenster saß ein Vogel. Er sah anders aus als der Vogel, der sonst dort saß.

Ich wusch mir gründlich das Gesicht, rasierte mich, toastete ein paar Scheiben Brot und kochte Kaffee. Ich gab der Katze zu essen, machte das Katzenklo sauber, band mir einen Schlips um und zog meine Schuhe an. Dann ging ich zum Bus und fuhr in die Fabrik. In der Fabrik wurden Elefanten hergestellt.

Elefanten herzustellen ist natürlich kein einfaches Unterfangen. Elefanten sind groß und sehr komplex gebaut. Es ist etwas anderes, als Haarnadeln oder Buntstifte herzustellen. Die Fabrik befindet sich auf einem riesigen Gelände und ist auf mehrere Gebäude verteilt. Die einzelnen Gebäude sind groß, und jede Station ist farblich gekennzeichnet. Ich beispielsweise war diesen Monat der Ohrenstation zugeteilt und arbeitete in dem Gebäude mit dem gelben Dach und den gelben Säulen. Auch mein Helm und meine Hosen waren gelb. Ich produzierte die ganze Zeit Elefantenohren. Den Monat davor habe ich in dem grünen Gebäude mit einem grünen Helm auf und in grünen Hosen Elefantenköpfe gefertigt. Wie Zigeuner wechseln wir jeden Monat die Station. Das ist die Devise der Fabrik. Auf diese Weise können wir uns das Gesamtbild eines Elefanten verschaffen. Es ist nicht gestattet, sein ganzes Leben lang nur Ohren oder Fußnägel herzustellen. Die Firmenleitung bestimmt einen Rotationsplan, und wir wechseln danach die Stationen.

Die Herstellung von Elefantenköpfen ist eine besonders wichtige Aufgabe. Die Arbeit ist sehr schwierig, und am Ende eines Arbeitstages ist man so erschöpft, daß man mit niemandem mehr ein Wort wechseln möchte. In einem Monat habe ich drei Kilo abgenommen. Andererseits verschafft einem diese Arbeit das Gefühl der Genugtuung, »etwas geleistet zu haben«. Im Vergleich dazu ist die Fertigung von Ohren einfach. Man fabriziert flache dünne Dinger, macht ein paar Falten rein, und schon ist das Ohr fertig. Deswegen nennen wir die Arbeit in der Ohrenstation auch »Ohrenurlaub«. Nach einem Monat Ohrenurlaub kam ich in die Rüsselstation. Rüssel anzufertigen ist wiederum eine sehr nervenraubende Tätigkeit. Zum einen müssen Rüssel biegsam sein, zum anderen aber muß die vollkommene Durchlässigkeit der Rüssellöcher gewährleistet sein, da sonst die fertigen Elefanten gewalttätig werden können. Bei der Rüsselherstellung stehen die Arbeiter unter extremer Anspannung.

Sicherheitshalber sollte ich hier anmerken, daß wir die Elefanten keineswegs aus nichts herstellen. Genau gesagt, produzieren wir Elefanten, indem wir sie »verlängern«. Wir nehmen einen Elefanten, zersägen ihn in seine Einzelteile und erhalten so Ohren, Rüssel, Kopf, Rumpf, Beine und Schwanz. Diese setzen wir dann unter Hinzunahme neuer Teile zu insgesamt fünf Elefanten zusammen. Die fertigen Elefanten bestehen also nur zu einem Fünftel aus dem Original, die restlichen vier Fünftel sind Imitat. Wenn man sie sieht, merkt man jedoch nichts davon, die Elefanten selbst merken ja noch nicht einmal etwas. So gut arbeiten wir.

Warum stellen wir aber überhaupt künstlich Elefanten her – beziehungsweise verlängern sie? Der Grund dafür ist, daß wir Menschen viel ungeduldiger sind als die Elefanten. In der freien Natur bringen Elefanten nur alle vier oder fünf Jahre ein Junges zur Welt. Da wir die Elefanten aber über alle Maßen lieben, empfinden wir dieses Verhalten oder diese Angewohnheit der Elefanten als unerträglich. Aus diesem Grund haben wir begonnen, Elefanten zu verlängern.

Um einen Mißbrauch mit ihnen zu vermeiden, werden die verlängerten Elefanten zuerst von der öffentlichen Gesellschaft zur Versorgung mit Elefanten aufgekauft. Dort bleiben sie zwei Wochen und werden einem strengen Test unterzogen, der alle ihre Funktionen überprüft. Zuletzt wird die Sohle eines ihrer Füße mit dem Firmenzeichen markiert, und die Elefanten werden in den Dschungel entlassen. Normalerweise stellen wir pro Woche fünfzehn Elefanten her. In der Vorweihnachtszeit allerdings laufen die Maschinen mit voller Kraft, und die Produktion kann auf maximal fünfundzwanzig gesteigert werden. Ich finde fünfzehn jedoch gerade richtig.

Wie bereits gesagt, ist die Ohrenstation die einfachste Etappe des Herstellungsprozesses. Sie erfordert weder besondere körperliche Anstrengung noch hohe Konzentration, und es werden auch keine komplizierten Maschinen benutzt. Der Arbeitsaufwand selbst ist gering. Man kann den ganzen Tag in aller Ruhe vor sich hin arbeiten, oder aber man erledigt die Arbeit zügig und hat schon vormittags sein Pensum erreicht und hat dann den Rest des Tages für sich.

Meinem Kollegen und mir lag es nicht, langsam zu arbeiten, und deshalb erledigten wir alles immer schon am Morgen. Nachmittags unterhielten wir uns, lasen Bücher oder machten jeder, wozu er gerade Lust hatte. Auch an diesem Nachmittag – dem Nachmittag nach meinem Traum vom tanzenden Zwerg – stellten wir gerade noch die zehn fertigen, mit Falten versehenen Ohren nebeneinander an die Wand und setzten uns dann auf die Erde in die Sonne.

Ich erzählte meinem Kollegen von dem tanzenden Zwerg. Ich erinnerte mich noch genau an alle Einzelheiten des Traums und beschrieb ihm alles sorgfältig bis ins kleinste Detail, wie unbedeutend es auch sein mochte. Wenn die Worte nicht ausreichten, schwang ich meinen Kopf, wirbelte mit den Armen und stampfte mit den Füßen. Mein Kollege hörte zu, trank seinen Tee und warf hin und wieder ein zustimmendes »mhm« ein. Er war fünf Jahre älter als ich, hatte eine kräftige Statur, einen vollen Bart und war sehr schweigsam. Er hatte die Angewohnheit, seine Arme zu verschränken, wenn er über etwas nachdachte. Seinem Gesichtsausdruck nach zu urteilen, mochte man ihn auf den ersten Blick für einen ernsten Menschen halten, der alles, jeden Gedanken abwog, doch das war er nicht. Meistens richtete er sich nach einer Weile plötzlich auf und sagte nur ein Wort: »Schwierig.«

Auch nachdem ich ihm meinen Traum erzählt hatte, saß mein Kollege eine ganze Weile nachdenklich da. Er überlegte so lange, daß ich mir die Zeit damit vertrieb, mit einem Lappen die Anzeigetafel eines elektrischen Blasebalgs zu putzen. Wie immer richtete er sich kurz darauf plötzlich auf und sagte: »Schwierig. Ein Zwerg, ein tanzender Zwerg … Schwierig.«

Ich hatte natürlich keine richtige Antwort von ihm erwartet und war daher nicht enttäuscht. Ich hatte einfach jemandem davon erzählen wollen. Ich stellte den elektrischen Blasebalg an seinen Platz und trank meinen lauwarmen Tee.

Doch mein Kollege schien, was ungewöhnlich war, noch immer in Gedanken versunken.

»Was ist?« fragte ich.

»Ich glaube, ich habe irgendwo schon einmal von einem tanzenden Zwerg gehört«, sagte er.

»Wirklich?« rief ich erstaunt.

»Aber ich weiß nicht mehr, wo.«

»Versuch dich zu erinnern«, bat ich ihn.

»Gut«, sagte er und sank wieder in sich zusammen.

Drei Stunden später fiel ihm die Geschichte von dem Zwerg schließlich ein. Es war schon fast Feierabend.

»Genau!« sagte er. »Jetzt weiß ich es wieder.«

»Gott sei Dank«, sagte ich.

»Du kennst doch den alten Mann, der jetzt auf Station Sechs arbeitet, der Haare einpflanzt! Du weißt schon, der mit dem schulterlangen weißen Haar, der kaum noch Zähne hat. Er hat schon vor der Revolution in der Fabrik gearbeitet ...«

»Ja, ich weiß«, sagte ich. Ich hatte den Alten ein paarmal in der Schenke gesehen.

»Vor langer Zeit hat mir dieser Alte einmal etwas von einem Zwerg erzählt. Er erzählte von einem Zwerg, der ein großer Tänzer sei. Ich hielt es damals für das Geschwätz eines alten Mannes und kümmerte mich nicht weiter darum. Aber wer weiß, vielleicht war es doch nicht übertrieben.«

»Was hat er denn erzählt?« fragte ich.

»Nun, es ist schon lange her ...«, sagte mein Kollege, verschränkte die Arme und versank erneut ins Grübeln. Aber es fiel ihm nichts mehr ein. Schließlich richtete er sich auf und sagte: »Ich erinnere mich nicht. Geh lieber selbst zu dem Alten und laß dir seine Geschichte erzählen.«

Ich beschloß, seinem Rat zu folgen.

Als die Glocke ertönte, ging ich sofort zur Station Sechs hinüber, aber der Alte war schon weg. Nur zwei Mädchen fegten noch den

Boden. »Er ist bestimmt in der alten Schenke«, sagte das dünnere der beiden. Ich ging zur Schenke, und dort fand ich ihn. Er saß aufrecht auf einem Hocker am Tresen und trank. Neben ihm lag seine Schachtel fürs Mittagessen.

Die Schenke war alt, sehr alt. Sie hatte schon lange vor meiner Geburt hier gestanden, schon vor der Revolution. Seit Generationen kamen die Elefantenarbeiter hierher, tranken, spielten Karten und sangen. An der Wand hingen alte Fotos von der Fabrik. Eins zeigte den ersten Direktor der Fabrik, wie er gerade Elfenbein inspizierte, ein anderes eine berühmte Filmdiva aus alter Zeit bei ihrem Besuch in der Elefantenfabrik, und auf einem dritten sah man Arbeiter beim nächtlichen Sommerfest. Die Fotos vom Kaiser und anderen Mitgliedern der kaiserlichen Familie aber, also alle »royalistischen« Fotos, waren von der Revolutionsarmee verbrannt worden. Natürlich gab es Bilder von der Revolution: die Revolutionsarmee beim Besetzen der Elefantenfabrik, die Revolutionsarmee beim Aufhängen des Fabrikleiters …

Der Alte saß unter einem alten verblichenen Foto mit der Überschrift »Drei junge Arbeiter beim Elfenbeinpolieren« und trank Mecatol. Als ich ihn grüßte und mich neben ihn setzte, zeigte er auf das Foto und sagte: »Das bin ich.«

Ich sah mir das Foto genauer an. Der rechte von den dreien, die dort Elfenbein polierten, ein etwa zwölf- oder dreizehnjähriger Junge, konnte wirklich der Alte in seiner Jugend sein. Von alleine wäre ich nie darauf gekommen, aber nachdem er es gesagt hatte, erkannte ich die etwas spitze Nase und den schmalen Mund. Vielleicht saß der Alte immer unter diesem Bild, und jedesmal, wenn ein neuer Gast die Schenke betrat, zeigte er darauf und erklärte: »Das bin ich.«

»Ein ziemlich altes Foto«, versuchte ich das Gespräch in die richtige Richtung zu lenken.

»Vor der Revolution«, sagte er gleichgültig. »Auch ich war mal ein kleiner Junge, vor der Revolution. Aber irgendwann wird jeder alt. Du wirst auch bald so aussehen wie ich. Wart nur ab.«

Bei diesen Worten kicherte der Alte, und die Spucke rann aus seinem geöffneten, halb zahnlosen Mund.

Dann erzählte er von der Revolution. Der Alte haßte den Kaiser und auch die Revolution. Ich ließ ihn reden, spendierte ihm, als es sich anbot, noch ein Glas Mecatol und fragte ihn, ob er nicht vielleicht etwas über einen tanzenden Zwerg wüßte.

»Ein tanzender Zwerg?« fragte er. »Du willst die Geschichte vom tanzenden Zwerg hören?«

»Das würde ich gerne«, sagte ich.

Der Alte sah mich prüfend an. »Warum?«

»Ich habe davon gehört«, log ich. »Ich würde gern mehr darüber wissen. Scheint eine interessante Geschichte zu sein.«

Der Alte sah mich scharf an, aber dann bekamen seine Augen wieder den dumpfen Ausdruck eines Betrunkenen. »Na gut«, sagte er. »Du hast mir einen Drink spendiert, also erzähle ich dir die Geschichte. Aber …«, er streckte mir seinen Finger vors Gesicht, »du darfst niemandem etwas davon sagen. Es ist viel Zeit vergangen seit der Revolution, doch der Zwerg darf noch immer mit keinem Wort erwähnt werden. Erzähl niemandem davon. Und erwähne meinen Namen nicht. Hast du verstanden?«

»Verstanden.«

»Also. Bestell mir noch ein Glas, und dann laß uns zu den Tischen hinter der Wand dort gehen.«

Ich bestellte noch zwei Mecatol und brachte sie zu dem Tisch, wo uns der Wirt nicht hören konnte. Auf dem Tisch stand eine grüne Lampe in Form eines Elefanten.

»Es war noch vor der Revolution, als der Zwerg aus dem Norden kam«, begann der Alte. »Er war ein großartiger Tänzer. Nein, er tanzte nicht. Er selbst war Tanz. Niemand konnte es mit ihm aufnehmen. Wind und Licht und Duft und Schatten, alles vereinigte sich in ihm, um dann in ihm zu zerspringen. Der Zwerg vermochte das. Es war … Es war überwältigend.«

Der Alte klickte mit dem Glas an seine restlichen Vorderzähne.

»Haben Sie ihn wirklich tanzen sehen?« fragte ich.

»Ob ich ihn gesehen habe?« Der Alte sah mir lange ins Gesicht und breitete dann die Finger seiner beiden Hände auf dem Tisch aus. »Natürlich habe ich ihn gesehen. Jeden Tag habe ich ihn gesehen. Hier, jeden Tag.«

»Hier?«

»Jawohl!« sagte der Alte. »Jeden Tag hat der Zwerg hier getanzt. Vor der Revolution.«

Der Erzählung des Alten zufolge war der Zwerg ohne einen Pfennig in der Tasche ins Land gekommen. Er war in dieser Schenke, in der sich die Arbeiter der Elefantenfabrik trafen, untergekommen, hatte alle möglichen Hilfsarbeiten verrichtet und wurde, als man sein Talent entdeckte, vom Wirt als Tänzer eingestellt. Anfangs pfiffen die Arbeiter, die junge Tänzerinnen wollten, den tanzenden Zwerg aus und beschwerten sich, doch schon bald beklagte sich keiner mehr. Gebannt sahen ihm alle, die Gläser in der Hand, beim Tanzen zu. Der Zwerg tanzte anders als jeder andere. Er vermochte in seinen Zuschauern Gefühle hervorzulocken, die sonst in ihren Herzen schlummerten und deren Existenz sie noch nicht einmal ahnten. Wie die Gedärme eines Fisches, der ausgenommen wird, zog er sie ans Tageslicht.

Ungefähr ein halbes Jahr tanzte der Zwerg in dieser Schenke. Jeden Abend war sie überfüllt. Alle wollten den Zwerg tanzen sehen. Die Zuschauer vergingen in grenzenloser Seligkeit oder wurden von unendlicher Trauer übermannt. Bald vermochte der Zwerg mit einem einzigen Tanzschritt die Gefühle der Menschen zu lenken.

Schließlich erreichte die Kunde vom tanzenden Zwerg auch den obersten Repräsentanten des Adels, dessen Territorium an die Elefantenfabrik grenzte und der in enger Verbindung mit dieser stand. Durch diesen Edelmann, der später von der Revolutionsarmee bei lebendigem Leibe in einen Bottich mit Leim geworfen wurde, hörte der junge Kaiser davon. Der Kaiser, der Musik über alles liebte, verlangte danach, den tanzenden Zwerg zu sehen. Das mit dem kaiserlichen Wappen versehene Vertikal-Induktions-Schiff wurde zur Schenke gesandt, und die kaiserliche Garde brachte den Zwerg unter großer Ehrerbietung in den Palast. Der Wirt wurde mit einem mehr als großzügigen kaiserlichen Geschenk entlohnt. Die Gäste der Schenke murrten, aber es war sinnlos, dem Kaiser gegenüber seinen Unmut zu äußern. Resigniert tranken sie ihr Bier und ihren Mecatol und sahen wieder dem Tanz der jungen Mädchen zu.

Dem Zwerg aber wurde ein Zimmer im kaiserlichen Palast zugewiesen, wo er von den Hofdamen gewaschen, in Seide gekleidet und über die Etikette vor dem Kaiser unterrichtet wurde. Am folgenden Abend führte man ihn in den größten Saal des Palastes. Dort wartete bereits das kaiserliche Orchester und spielte eine vom Kaiser selbst komponierte Polka. Der Zwerg tanzte zu der Polka. Erst tanzte er langsam, als müsse er seinen Körper an die Musik gewöhnen, dann beschleunigte er sein Tempo, bis er schließlich wie ein Wirbelwind über die Tanzfläche fegte. Atemlos sahen ihm die Menschen zu. Niemand brachte ein Wort über die Lippen. Mehreren Hofdamen schwanden die Sinne, und ohnmächtig sanken sie zu Boden. Dem Kaiser selbst glitt, ohne daß er es merkte, sein mit Goldstaubwein gefüllter kristallener Kelch aus der Hand, doch keiner bemerkte das Zerspringen des Glases.

Als der Alte bis hierher erzählt hatte, stellte er sein Glas auf den Tisch und wischte sich mit dem Handrücken über den Mund. Dann faßte er an die Lampe in Elefantenform. Ich wartete eine Weile, daß er weitererzählte, doch er schwieg. Ich rief den Wirt und bestellte ein Bier und noch einen Mecatol. Die Schenke begann sich allmählich zu füllen, und auf der Bühne stimmte eine junge Sängerin ihre Gitarre.

»Und was geschah dann?« fragte ich.

»Dann ...«, sagte der Alte, als erinnere er sich. »Dann kam die Revolution, der Kaiser wurde getötet, und der Zwerg floh.«

Ich stützte meine Ellenbogen auf den Tisch, griff den Bierkrug mit beiden Händen und nahm einen großen Schluck. Ich sah den Alten an. »Brach denn die Revolution gleich aus, nachdem der Zwerg in den Palast gekommen war?«

»Nun, etwa ein Jahr später«, sagte der Alte und rülpste laut.

»Ich verstehe eines nicht. Eben sagten Sie, daß niemand über den Zwerg sprechen dürfe. Warum? Gibt es denn einen Zusammenhang zwischen dem Zwerg und der Revolution?«

»Das habe ich auch nie erfahren. Ich weiß nur, daß die Revolutionsarmee wie verrückt nach ihm suchte. Seitdem sind viele Jahre vergangen, und die Revolution ist schon lange vorbei, aber trotzdem sind die Kerle immer noch hinter dem tanzenden Zwerg her. Aber was für ein Zusammenhang zwischen dem Zwerg und der Revolution besteht, das weiß ich nicht. Es gibt nur Gerüchte.«

»Was für Gerüchte?«

Auf dem Gesicht des Alten erschien ein ratloser Ausdruck, als wisse er nicht recht, ob er mir davon erzählen solle. »Gerüchte sind eben Gerüchte. Man weiß nicht, ob was Wahres dran ist. Einem Gerücht zufolge soll sich der Zwerg im Palast böser Mächte bedient und die Revolution ausgelöst haben. Das ist alles, was ich dir über den Zwerg erzählen kann. Mehr weiß ich nicht.«

Der Alte stieß einen zischenden Seufzer aus, dann trank er sein Glas in einem Zug leer. Die rosafarbene Flüssigkeit trat aus seinen Mundwinkeln und tropfte auf sein schmuddliges Hemd.

Ich träumte nicht wieder von dem Zwerg. Wie immer fuhr ich jeden Morgen in die Elefantenfabrik und formte Elefantenohren. Nachdem ich ein Ohr mit Wasserdampf weich und dehnbar gemacht hatte, bearbeitete ich es mit einem Preßlufthammer, zerschnitt das so gedehnte Ohr in fünf Teile, vermengte diese jeweils mit einer Beimischung, um die fünffache Menge zu erhalten, trocknete die Ohren und kniff zum Schluß die Falten hinein. In der Mittagspause aßen mein Kollege und ich unser mitgebrachtes Mittagessen und unterhielten uns über das neue Mädchen auf Station Acht.

In der Elefantenfabrik sind viele Mädchen beschäftigt. Sie verrichten Arbeiten wie das Verbinden der Nervenstränge, Nähen oder Putzen. Immer, wenn wir nichts zu tun haben, sprechen wir über die Mädchen. Und auch die Mädchen sprechen in jeder freien Minute über uns.

»Sie ist wahnsinnig schön«, sagte mein Kollege. »Alle haben ein Auge auf sie geworfen. Aber aufs Kreuz gelegt hat sie noch keiner.«

»Ist sie wirklich so schön?« fragte ich. Ich zweifelte. Schon oft war ich losgegangen, um mich von einem solcher Gerüchte mit eigenen Augen zu überzeugen, und immer war ich hinterher enttäuscht. Auf solches Gerede war kein Verlaß.

»Es stimmt«, sagte mein Kollege. »Geh doch selbst und guck sie dir an. Wenn sie nicht schön ist, kannst du dir gleich in Station Sechs ein Paar neue Augen einsetzen lassen. Hätte ich nicht schon eine Frau, würde ich alles daransetzen, sie zu bekommen.«

Die Mittagspause war schon vorbei, aber wie üblich gab es bei uns kaum noch etwas zu tun. Ich dachte mir eine Ausrede aus und beschloß, zu Station Acht zu gehen. Um dorthin zu gelangen, mußte man durch einen langen Tunnel laufen. Am Eingang des Tunnels stand ein Wächter; da wir uns seit langem kannten, ließ er mich wortlos passieren.

Am Ende des Tunnels war ein Fluß, und ein Stück flußabwärts stand das Gebäude der Station Acht. Dach und Schornstein waren rosa. In Station Acht wurden die Elefantenbeine hergestellt. Ich hatte vor vier Monaten hier gearbeitet und kannte mich aus. Aber der junge Wächter am Eingang war neu, ich hatte ihn noch nie gesehen.

»Wohin willst du«, fragte der Wächter. Er trug eine nagelneue Uniform und wirkte etwas beschränkt.

»Wir haben kein Nervenkabel mehr, und ich bin hier, um mir etwas auszuborgen«, sagte ich und räusperte mich.

»Komisch«, sagte er und nahm prüfend meine Uniform in Augenschein. »Du bist doch von der Ohrenabteilung. Die Ohrennervenkabel und die Beinnervenkabel sind aber, soweit ich weiß, nicht austauschbar.«

»Es ist eine längere Geschichte«, sagte ich. »Ursprünglich wollte ich mir in der Rüsselabteilung Kabel ausleihen, aber die Rüsselabteilung hat selbst nicht genug. Da es ihnen aber wiederum an Beinkabel fehlt, meinten sie, wenn ich ihnen eine Rolle Beinkabel besorgen könne, würden sie mir dafür dünnes Kabel geben. Als ich hier anrief, hieß es, daß noch etwas übrig sei und ich es abholen solle, deswegen bin ich jetzt hier.«

Der Wächter blätterte in seiner Mappe. »Mir ist davon nichts zu Ohren gekommen. Ein solcher Transfer hätte vorher angekündigt werden müssen.«

»Komisch. Da muß ein Fehler unterlaufen sein. Ich werde den Jungs da drinnen sagen, daß sie Bescheid geben müssen.«

Der Wächter meckerte etwas herum, und erst als ich ihm drohte, daß er dafür verantwortlich sei, wenn von oben irgendwelche Beschwerden wegen verlangsamter Produktion kämen, ließ er mich murrend durch.

Station Acht, also die Beinfertigung, war ein geräumiger Flachbau. Das Gebäude lag halb unter der Erde, war lang und schmal, und der Boden bestand aus Sand. Die Augen der Arbeiter befanden sich auf Höhe des Geländeniveaus, und als Lichtquelle dienten kleine Fensterluken. An der Decke war ein bewegliches Schienennetz angebracht, von dem Dutzende von Elefantenbeinen baumelten. Wenn man mit zugekniffenen Augen nach oben sah, schien eine riesige Elefantenherde vom Himmel auf einen niederzuschweben.

In dem Gebäude arbeiteten ungefähr dreißig Männer und Frauen. Es war dunkel, und da alle mit Kappen, Masken und Schutzbrillen bekleidet waren, hatte ich keine Ahnung, wie ich die Neue finden sollte. Ich entdeckte einen ehemaligen Kollegen von mir und fragte ihn nach dem neuen Mädchen.

»Sie arbeitet an Tisch fünfzehn, sie befestigt die Fußnägel«, sagte er. »Aber vergiß es, falls du vorhast, sie abzuschleppen. Sie ist hart wie Schildpatt. Du hast keine Chance.«

»Danke«, sagte ich.

Das Mädchen an Tisch fünfzehn war sehr schlank und sah aus wie ein Knabe auf einem mittelalterlichen Gemälde.

»Entschuldige«, sprach ich sie an. Sie sah zu mir herüber, blickte auf meine Uniform, auf meine Füße und wieder in mein Gesicht. Dann setzte sie ihre Kappe und ihre Schutzbrille ab. Sie war unglaublich schön. Sie hatte langes lockiges Haar, und ihre Augen waren wie das Meer.

»Was ist«, fragte sie.

»Ich wollte fragen, ob du morgen abend, am Samstag, Zeit hast und mit mir tanzen gehst«, sagte ich entschlossen.

»Ich habe morgen Zeit, und ich gehe auch tanzen. Aber nicht mit dir«, sagte sie.

»Bist du schon mit jemandem verabredet?« fragte ich.

»Ich bin mit niemandem verabredet«, sagte sie. Dann setzte sie sich wieder ihre Kappe und ihre Brille auf, nahm einen Elefantenfußnagel vom Tisch, hielt ihn an den Fuß und maß ihn aus. Der Nagel war ein bißchen zu breit, und geschwind hämmerte sie ihn mit einem Meißel zurecht.

»Laß uns doch zusammen gehen«, sagte ich. »Es ist viel lustiger zu zweit. Ich kenne auch ein gutes Restaurant.«

»Nein, danke. Ich möchte alleine tanzen. Wenn du auch tanzen möchtest, steht dir nichts im Wege.«

»Ich werde kommen«, sagte ich.

»Mach, was du willst«, sagte sie. Sie beachtete mich nicht weiter und wandte sich wieder ihrer Arbeit zu. Mit dem Meißel preßte sie den gestutzten Nagel in die Vertiefung vorne am Fuß. Er paßte genau.

»Ziemlich gut für eine Anfängerin«, sagte ich.

Sie antwortete nicht.

In dieser Nacht erschien wieder der Zwerg. Auch diesmal wußte ich, daß es ein Traum war. Der Zwerg saß auf einem Holzstamm mitten auf einer Lichtung im Wald und rauchte. Diesmal gab es weder Platten noch einen Plattenspieler. Der Zwerg sah müde aus und wirkte älter als beim ersten Mal, aber keinesfalls so alt, als wäre er vor der Revolution geboren. Er sah höchstens zwei, drei Jahre älter aus als ich, aber genau ließ sich das nicht sagen. Es ist schwer, das Alter von Zwergen zu schätzen.

Da ich nichts vorhatte, schlenderte ich um den Zwerg herum, guckte in den Himmel und setzte mich schließlich neben ihn. Der Himmel war bedeckt, und dunkle Wolken zogen westwärts. Es würde wahrscheinlich bald regnen. Vielleicht hatte der Zwerg den Plattenspieler und die Platten an einem regengeschützten Platz untergestellt.

»Guten Tag«, sagte ich.

»Guten Tag«, antwortete der Zwerg.

»Tanzt du heute nicht?« fragte ich.

»Heute nicht«, sagte er.

Wenn er nicht tanzte, sah der Zwerg schwach und bemitleidenswert aus. Ich konnte mir kaum vorstellen, daß er sich einst im Palast einer mächtigen Stellung gerühmt hatte.

»Fehlt dir etwas?« fragte ich.

»Ja«, sagte der Zwerg. »Mir geht es gar nicht gut. Es ist furchtbar kalt in den Wäldern. Wenn man immer allein lebt, wird der Körper schwach und krank.«

»Das ist schrecklich«, sagte ich.

»Ich brauche Kraft. Neue Energie, die in meinem Körper überschäumt. Energie, mit der ich ewig tanzen kann, mich nicht erkälte, wenn ich im Regen stehe, durch Felder und Berge streifen kann. Das ist es, was ich brauche.«

»Mhm«, machte ich.

Eine Weile saßen wir schweigend nebeneinander auf dem Holzstamm. Hoch über uns rauschten die Wipfel im Wind. Manchmal zeigte sich zwischen den Stämmen der Bäume ein riesiger Schmetterling und verschwand wieder.

»Übrigens«, sagte der Zwerg. »Wolltest du mich nicht um etwas bitten?«

»Um etwas bitten?« fragte ich erstaunt. »Um was sollte ich dich bitten?«

Der Zwerg nahm einen Stock vom Boden auf und malte damit einen Stern vor seinen Füßen auf die Erde. »Das Mädchen. Du möchtest das Mädchen, oder?«

Er meinte das schöne Mädchen von Station Acht. Ich wunderte mich, daß er davon wußte. Aber in einem Traum war alles möglich.

»Klar möchte ich sie. Aber darum kann ich dich nicht bitten. Das muß ich alleine schaffen.«

»Aber alleine schaffst du es nicht.«

»Bist du dir sicher?« fragte ich etwas beleidigt.

»Vollkommen sicher. Du schaffst es nicht. Das mag dich ärgern, aber du schaffst es nicht«, sagte der Zwerg.

Vielleicht hat er recht, dachte ich. Vielleicht stimmt es, was er sagt. Ich war so normal. Es gab nichts, womit ich mich hätte brüsten können. Ich hatte kein Geld, ich war nicht hübsch, ich konnte nicht gut reden. Ich hatte keine Vorzüge. Ich hatte keinen schlechten Charakter, und ich war fleißig. Die Kollegen mochten mich. Ich besaß einen gesunden und kräftigen Körper. Aber ich war nicht der Typ, auf den junge Mädchen fliegen. Ich glaubte nicht, daß so jemand wie ich eine solche Schönheit, wie sie es war, einfach verführen könnte.

»Wenn ich dir helfe, könnte es vielleicht klappen«, flüsterte der Zwerg.

»Wie kannst du mir helfen?« fragte ich neugierig.

»Der Tanz. Sie tanzt gerne. Zeig ihr, daß du ein guter Tänzer bist, und sie gehört dir. Dann brauchst du nur unter dem Baum auf die herunterfallenden Früchte zu warten.«

»Du willst mir das Tanzen beibringen?«

»Das könnte ich«, sagte der Zwerg. »Aber mit ein oder zwei Tagen ist es nicht getan. Auch wenn du jeden Tag von morgens bis abends tanzt, brauchst du mindestens ein halbes Jahr. Es bedarf viel Übung, um das Herz eines Menschen durch Tanzen zu gewinnen.«

Ich schüttelte enttäuscht den Kopf. »Ein halbes Jahr kann ich nicht warten. Bis dahin hat sie sich ein anderer geholt.«

»Wann gehst du tanzen?«

»Morgen«, sagte ich. »Morgen abend, am Samstag, geht sie zum Tanzen. Auch ich werde gehen. Ich werde sie zum Tanzen auffordern.«

Der Zwerg zeichnete mit dem Stock mehrere gerade Linien auf die Erde und verband sie mit Querlinien zu einem seltsamen Diagramm. Schweigend folgte ich seinen Bewegungen. Er spuckte den Zigarettenstummel auf den Boden und trat ihn aus.

»Ich weiß ein Mittel, wenn du das Mädchen wirklich willst«, sagte der Zwerg. »Du willst sie doch?«

»Natürlich will ich sie.«

»Möchtest du wissen, wie?« fragte der Zwerg.

»Ja«, antwortete ich. »Bitte, verrat es mir.«

»Es ist nicht schwer. Ich schlüpfe einfach in deinen Körper. Ich leihe mir deinen Körper und tanze. Du bist gesund und stark. Du wirst das schon schaffen.«

»Ich bin stärker als alle«, sagte ich. »Aber kannst du wirklich in meinen Körper schlüpfen und tanzen?«

»Ich kann. Das Mädchen ist dir so gut wie sicher. Mein Ehrenwort. Und nicht nur dieses Mädchen, jedes Mädchen wird dir gehören.«

Ich leckte mir die Lippen. Es klang zu schön, um wahr zu sein. Aber der Zwerg könnte in mich hineinschlüpfen und nie wieder herauskommen. Er könnte von mir Besitz ergreifen. Das durfte nicht passieren, sosehr ich das Mädchen auch begehrte.

»Du hast Angst«, sagte der Zwerg, als durchschaue er mich. »Du glaubst, ich könnte von dir Besitz ergreifen.«

»Ich habe Gerüchte über dich gehört«, sagte ich.

»Schlechte Gerüchte wahrscheinlich«, sagte der Zwerg.

»Ja«, sagte ich.

Der Zwerg lachte verschmitzt. »Keine Sorge. Ich mag vielleicht Macht haben, aber ich kann mich nicht einfach eines fremden Körpers für immer bemächtigen. Dafür braucht man einen Vertrag. Ohne die gegenseitige Einwilligung geht das nicht. Du willst doch nicht, daß dein Körper für immer von jemand anderem beherrscht wird, oder?«

»Natürlich nicht«, sagte ich schaudernd.

»Aber ich kann dir nicht umsonst helfen.« Er hob einen Finger. »Ich stelle eine Bedingung. Sie ist nicht besonders schwer, aber es ist eine Bedingung.«

»Wie lautet sie?«

»Ich werde in dich schlüpfen. Du wirst zum Tanzlokal gehen, das Mädchen auffordern und es mit deinem Tanz bezaubern. Dann wirst du es mit ihr machen. Aber du darfst kein Wort dabei sprechen. Bis du sie dir zu Willen machst, darfst du nicht einen Laut von dir geben. Das ist die Bedingung.«

»Aber wie kann ich sie verführen, wenn ich nicht sprechen darf?« wandte ich ein.

»Keine Angst.« Der Zwerg schüttelte den Kopf. »Laß das nur meine Sorge sein. Solange ich in dir tanze, kannst du dir jedes Mädchen zu Willen machen ohne ein einziges Wort. Mach dir keine Gedanken darüber. Aber denk daran, von dem Moment an, wo du deinen Fuß in den Tanzsaal setzt, bis zu dem Moment, da du das Mädchen besitzt, darf kein Wort über deine Lippen kommen. Hast du verstanden?«

»Und wenn ich spreche?« fragte ich.

»Dann gehört dein Körper mir«, sagte der Zwerg unbekümmert.

»Und wenn ich alles mache, ohne ein Wort zu sagen?«

»Dann gehört sie dir. Ich werde deinen Körper verlassen und wieder in die Wälder zurückkehren.«

Ich stieß einen tiefen Seufzer aus und überlegte, was ich tun sollte. Der Zwerg nahm wieder den Stock und zeichnete ein weiteres sonderbares Diagramm auf den Boden. Ein Schmetterling kam herangeflogen und ließ sich in der Mitte des Diagramms nieder. Ich hatte Angst. Ich wußte nicht, ob ich die ganze Zeit schweigen könnte. Aber nur so konnte ich das Mädchen in die Arme schließen, dachte ich. Ich sah sie vor mir, wie sie in Station Acht Elefantenfußnägel hämmerte. Ich mußte sie haben.

»Einverstanden«, sagte ich. »Ich bin dabei.«

»Abgemacht«, sagte der Zwerg.

Der Tanzsaal befand sich neben dem Fabriktor. An Samstagabenden war die Tanzfläche voller junger Männer und Frauen aus der Elefantenfabrik. Fast alle ledigen Arbeiter und Arbeiterinnen trafen sich hier. Man tanzte, trank und unterhielt sich mit seinen Freunden. Irgendwann verschwanden die Paare in den Wald.

Wie habe ich mich danach gesehnt, jubelte der Zwerg in meinem Innern. *So muß Tanzen sein. Gedränge, etwas zu trinken, Lichter, der Geruch von Schweiß, das Parfum der Mädchen. Wie habe ich das vermißt.*

Ich zwängte mich durch die Menge und hielt Ausschau nach dem Mädchen. Ein paar Bekannte kamen auf mich zu, klopften mir auf die Schulter und begrüßten mich. Ich grüßte lachend zurück, aber sprach zu keinem ein Wort. Die Band begann zu spielen, aber das Mädchen war nirgendwo zu sehen.

Keine Eile. Die Nacht ist noch jung. Freu dich auf das, was vor dir liegt, sagte der Zwerg.

Die Tanzfläche war rund und drehte sich, von einem Motor angetrieben, langsam im Kreis. Drumherum waren Stühle und Tische aufgestellt. Von der Decke hing ein großer Kronleuchter, dessen Lichter sich auf der blank polierten Tanzfläche wie auf einer Eisfläche funkelnd spiegelten. Rechts oberhalb der Tanzfläche waren auf Tribünen die Plätze für die Musiker. Es gab zwei voll ausgestattete Orchester, die in halbstündigem Wechsel die ganze Nacht ohne Pause für großartige Tanzmusik sorgten. Die Band auf der rechten Seite besaß zwei prächtige Drum-sets, und ihre Mitglieder hatten alle rote Elefantembleme an die Brust geheftet. Die Band auf der linken Seite trumpfte mit zehn Posaunen auf und trug grüne Elefantembleme.

Ich setzte mich auf einen Stuhl, bestellte ein Bier, lockerte meinen Schlips und rauchte eine Zigarette. Bezahlte Tänzerinnen kamen eine nach der anderen an meinen Tisch und forderten mich auf. »Hallo, hübscher Mann, willst du tanzen?« fragten sie, aber ich wollte nicht. Den Kopf in die Hände gestützt, wartete ich auf sie. Ab und zu trank ich einen Schluck Bier. Aber auch eine Stunde später war sie noch immer nicht erschienen. Walzer, Foxtrotts, Trommelschlachten und schrille Trompetensoli zogen unverrichtet über den Tanzboden. Ich begann zu glauben, daß sie mich zum Narren gehalten hatte, daß sie von Anfang an nicht die Absicht hatte zu kommen.

Keine Sorge, flüsterte der Zwerg. *Sie kommt bestimmt. Ganz ruhig.*

Als sie endlich am Eingang auftauchte, war es schon nach neun. Sie trug ein glitzerndes enges Kleid und schwarze Stöckelschuhe. Sie war so schillernd und sexy, daß sich der Tanzsaal aufzulösen schien. Einige junge Männer hatten sie sofort bemerkt und boten ihr ihre Begleitung an, aber sie vertrieb sie mit einem Wink ihrer Hand.

Ich trank in aller Ruhe mein Bier und folgte ihren Bewegungen. Sie setzte sich an einen Tisch auf der gegenüberliegenden Seite der Tanzfläche, bestellte einen rotfarbenen Cocktail und zündete sich eine lange dünne Zigarette an. Ihren Cocktail rührte sie kaum an. Als sie zu Ende geraucht hatte, drückte sie ihre Zigarette aus. Dann stand sie auf und näherte sich langsam, wie eine Springerin, die das Sprungbrett betritt, dem Tanzboden.

Sie tanzte allein. Das Orchester spielte einen Tango, und sie tanzte Tango. Unglaublich. Es raubte einem die Sinne, ihr nur zuzusehen. Wenn sie ihren Körper bog, flog ihr langes lockiges schwarzes Haar wie der Wind über den Boden, und ihre schlanken weißen Finger ließen unsichtbare Saiten erklingen. Ohne jede Scheu tanzte sie nur für sich allein. Es war wie die Fortsetzung meines Traums. Ich war verwirrt. Benutzte ich einen Traum für einen anderen Traum? Wo aber war mein wirkliches Ich?

Sie tanzt großartig, sagte der Zwerg. *Mit ihr lohnt es sich wirklich. Komm, laß uns anfangen!*

Ohne es richtig wahrzunehmen, stand ich auf und ging zur Tanzfläche. Ich schob ein paar Männer zur Seite, ging nach vorn, stellte mich neben sie und schlug die Absätze meiner Schuhe zusammen, um allen anzuzeigen, daß ich jetzt tanzen wollte. Sie warf mir, während sie tanzte, einen flüchtigen Blick zu. Ich lächelte sie an, aber ohne mein Lächeln zu beantworten, tanzte sie alleine weiter.

Ich begann zu tanzen, erst langsam, dann immer schneller und schneller, bis ich schließlich wie ein Wirbelwind dahinflog. Mein Körper gehörte nicht mehr mir. Meine Arme und Beine, mein Kopf rasten über die Tanzfläche, wild und losgelöst von meinem Bewußtsein. Ich überließ mich ganz dem Tanz. Ich glaubte deutlich den Lauf der Sterne, das Wallen der Gezeiten und das Toben der Winde zu hören. Das also war Tanz, dachte ich. Ich stampfte mit den Füßen, wirbelte die Arme herum, schwang meinen Kopf und drehte mich im Kreise. Bei jeder Drehung zersprang eine weiße Lichtkugel in meinem Kopf.

Sie sah zu mir herüber. Sie drehte sich mit mir, sie stampfte laut mit den Füßen. Ich spürte, wie auch in ihr ein Licht zersprang. Ich war glücklich. Noch nie in meinem Leben war ich so glücklich gewesen.

Das ist viel lustiger, als in der Elefantenfabrik zu arbeiten, findest du nicht? fragte der Zwerg.

Ich antwortete ihm nicht. Mein Mund war so trocken, daß ich keinen Ton herausgebracht hätte.

Wir tanzten Stunden um Stunden. Ich führte, und sie ließ sich führen. Die Zeit schien ewig zu währen. Schließlich hielt sie, vollkommen erschöpft, an. Sie faßte mich am Ellenbogen. Auch ich – oder vielmehr der Zwerg – hörte auf zu tanzen. Verträumt standen wir auf der Tanzfläche und sahen einander an. Sie beugte sich hinab, zog ihre Stöckelschuhe aus, nahm sie in die Hand und sah mich wieder an.

Wir verließen den Tanzsaal und liefen am Fluß entlang. Ich besaß kein Auto, so liefen wir einfach immer weiter und weiter. Bald führte der Weg einen sanften Hügel hinauf. Die Luft war von dem Duft nachtblühender weißer Blumen erfüllt. Als ich mich umdrehte, sah ich unter mir tiefschwarz die Fabrikgebäude liegen. Aus dem Tanzlokal strömte gelbes Licht wie Pollen in die Nacht, und die Klänge einer flotten Tanzmusik drangen zu uns herüber. Ein sanfter Wind wehte, und das Mondlicht warf einen feuchten Schimmer auf ihr Haar.

Wir sprachen beide kein Wort. Es war unnötig, nach diesem Tanz zu reden. Wie eine Blinde hielt sie die ganze Zeit meinen Ellenbogen.

Oben auf dem Hügel angelangt, kamen wir auf eine große Wiese. Ringsherum standen Kiefern, und die Wiese lag da wie ein ruhiger See. Die weichen hüfthohen Gräser wiegten sich im Wind, als würden sie tanzen. Hier und da streckte eine Blume ihren leuchtenden Blütenkopf hervor und rief nach Insekten.

Ich legte meinen Arm um ihre Schultern und ging mit ihr in die Mitte der Wiese. Ohne ein Wort zu sagen, legte ich sie auf den Boden. »Du bist nicht gerade sehr gesprächig«, sagte sie lachend, warf ihre Schuhe zur Seite und schlang beide Arme um meinen Hals. Ich küßte sie und löste mich wieder von ihr, um erneut ihr Gesicht zu betrachten. Sie war so schön wie ein Traum. Ich konnte nicht glauben, daß ich sie in den Armen hielt. Sie schloß die Augen und wartete, daß ich sie küßte.

In diesem Moment veränderte sich ihr Gesicht. Zuerst sah ich, wie etwas wabbliges Weißes aus ihrem Nasenloch kroch. Es war eine Made, so groß, wie ich noch keine gesehen hatte. Aus beiden Nasenlöchern krochen riesige Maden, eine nach der anderen, und plötzlich atmete ich den faulen Geruch von Tod, der über allem lag. Maden fielen von ihren Lippen auf ihren Hals, krochen über ihre Augen und gruben sich in ihr Haar. Die Haut ihrer Nase blätterte ab, das darunterliegende Fleisch zerfiel und rutschte herunter, bis nur noch die zwei dunklen Höhlen übrigblieben. Unzählige Maden krochen aus diesen Höhlen, ihr fauliges Fleisch war voll von ihnen.

Aus ihren Augen floß Eiter. Die Augäpfel, hervorgequollen unter dem eitrigen Druck, zuckten ein paarmal unnatürlich, sprangen heraus und baumelten schlaff zu beiden Seiten des Kopfes herunter. In den Höhlen wanden sich Madenklumpen, weißen Wollknäueln gleich. In ihrem verwesenden Gehirn wimmelte es von Maden. Die Zunge baumelte wie eine große nackte Schnecke aus ihrem Mund, eitrige Schwären brachen auf, dann fiel sie herunter. Das Zahnfleisch löste sich, nacheinander fielen die weißen Zähne heraus. Bald war der Mund verschwunden. Aus den Haarwurzeln quoll Blut, und auch die Haare glitten eines nach dem anderen heraus. Überall kamen aus der schleimigen Kopfhaut Maden zum Vorschein. Doch noch immer hatte sie ihre Arme fest um mich geschlungen. Ich konnte ihren Griff nicht lockern, meinen Blick nicht von ihr wenden, noch nicht einmal die Augen schließen. Ein dicker Kloß stieg von meinem Magen bis zu meiner Kehle und blieb dort stecken. Ich hatte das Gefühl, als stülpe man mir die Haut meines Körpers um, und in meine Ohren drang das Gelächter des Zwergs.

Das Gesicht des Mädchens zerfiel immer weiter. Wie durch eine Erstarrung der Muskeln klappte plötzlich die Kinnlade herunter, und Klumpen von breiigem Fleisch, Eiter und Maden spritzten in alle Richtungen.

Ich holte tief Atem und wollte schreien. Ich wollte, daß mich irgend jemand – wer auch immer – aus dieser Hölle befreie. Aber ich schrie nicht. Fast intuitiv begriff ich: Das ist nicht die Wirklichkeit. Ich spürte es. Der Zwerg will mich überlisten. Er will, daß ich schreie. Ein einziger Laut, und mein Körper gehört für immer ihm. Darauf wartet der Zwerg.

Ich riß mich zusammen und schloß die Augen. Diesmal ließen sie sich ganz leicht schließen. Ich hörte, wie der Wind durch die Gräser strich. Ich spürte, wie sich die Finger des Mädchens fest in meinen Rücken gruben. Mit aller Kraft schlang ich meine Arme um ihren Körper, zog sie zu mir heran und küßte sie auf den verfaulten Fleischklumpen, wo einmal ihr Mund gewesen sein mußte. Ich spürte das glitschige Fleisch und die wabbligen Madenklumpen in meinem Gesicht. Ein fast unerträglicher Geruch von Verwesung stach mir in die Nase. Aber das währte nur einen Augenblick. Als ich die Augen öffnete, küßte ich wieder das schöne Mädchen. Sanft schimmerte das Mondlicht auf ihren rosa Wangen. Ich wußte, ich hatte den Zwerg bezwungen. Ich hatte bis zuletzt nicht einen Laut von mir gegeben.

»Du hast gewonnen«, sagte der Zwerg mit matter Stimme. »Sie gehört dir. Ich verlasse dich jetzt.«

Und der Zwerg verließ meinen Körper.

»Aber es ist noch nicht zu Ende«, fuhr er fort. »Du kannst so oft gewinnen, wie du willst. Aber du kannst nur einmal verlieren. Wenn du einmal verlierst, ist alles vorbei. Irgendwann wirst du verlieren. Dann hast du ausgespielt. Gib acht! Ich werde warten, die ganze Zeit.«

»Warum ich?« rief ich ihm zu. »Warum nicht jemand anderes?«

Aber der Zwerg antwortete nicht. Er lachte nur. Eine Weile noch schwebte sein Lachen in der Luft, dann trug der Wind es mit sich fort.

Am Ende hat der Zwerg recht behalten. Ich werde jetzt überall im ganzen Land gesucht. Irgend jemand, der mich im Tanzlokal tanzen sah – vielleicht der Alte –, hat der Behörde gemeldet, daß der Zwerg in meinem Körper tanze. Die Polizei ließ mich überwachen, und alle, die mich kannten, wurden strengen Verhören unterzogen. Mein Kollege erklärte, ich habe ihm von dem Zwerg erzählt. Ein Haftbefehl wurde erlassen. Die Polizei umstellte die Fabrik. Das schöne Mädchen von Station Acht kam zu mir an meinen Arbeitsplatz und warnte mich. Ich lief hinaus, sprang in das Becken, in dem die fertigen Elefanten gelagert werden, und floh auf dem Rücken eines der

Elefanten in die Wälder. Mehrere Polizisten wurden dabei zu Tode getrampelt.

Fast einen Monat schon flüchte ich von Wald zu Wald, von Berg zu Berg. Ich ernähre mich von den Früchten des Waldes, esse Insekten und trinke das Wasser der Flüsse, um zu überleben. Aber es sind zu viele Polizisten. Irgendwann werden sie mich fassen. Dann werden sie mich im Namen der Revolution aufs Rad binden und in Stücke reißen. So hat man mir gesagt.

Jede Nacht erscheint der Zwerg in meinen Träumen und verlangt Einlaß in meinen Körper.

»Dann kann dich wenigstens die Polizei nicht fangen und zerreißt dich nicht in Stücke«, sagt er.

»Und statt dessen werde ich bis in alle Ewigkeit im Wald tanzen müssen, oder?« frage ich.

»Das stimmt«, antwortet der Zwerg. »Aber es ist deine Entscheidung.«

Der Zwerg kichert, wenn er das sagt. Doch ich kann mich nicht entscheiden.

Ich höre das Kläffen der Hunde. Es sind viele. Sie werden bald hier sein.

Der letzte Rasen am Nachmittag

Ich war achtzehn oder neunzehn, als ich Rasen mähte, es ist also schon vierzehn oder fünfzehn Jahre her. Eine ziemlich lange Zeit.

Manchmal kommen mir vierzehn oder fünfzehn Jahre gar nicht so lang vor. Mir selbst scheint die Zeit, als Jim Morrison *Light my fire* und Paul McCartney *Long and winding road* sangen – etwas davor und danach vielleicht –, irgendwie gar nicht so lange her zu sein. Ich habe mich im Vergleich zu damals kaum verändert, finde ich.

Aber das stimmt vielleicht nicht. Zweifellos habe ich mich ziemlich verändert. Wenn das nicht so wäre, ließen sich eine ganze Menge Dinge nicht erklären.

Also gut, ich habe mich verändert. Und vierzehn oder fünfzehn Jahre sind eine ziemlich lange Zeit.

In meiner Nachbarschaft – ich bin erst vor kurzem hierhergezogen – gibt es eine öffentliche Mittelschule, an der ich immer vorbeikomme, wenn ich einkaufen oder spazierengehe. Und wenn ich dort entlanglaufe, sehe ich immer halb in Gedanken den Schülern beim Sport, Malen oder Herumtoben zu. Nicht, daß ich daran ein besonderes Vergnügen hätte, es gibt nur nichts anderes. Ich könnte die Kirschbäume auf der rechten Straßenseite betrachten, aber es ist interessanter, den Mittelschülern zuzusehen.

Als ich jedenfalls so tagtäglich den Mittelschülern zusah, schoß mir eines Tages der Gedanke durch den Kopf: *Die sind alle vierzehn oder fünfzehn*. Es war eine richtige Entdeckung für mich, eine richtige Überraschung. Vor vierzehn oder fünfzehn Jahren waren diese Schüler noch nicht einmal geboren, und wenn doch, waren es bloß rosafarbene Fleischklumpen, fast ohne das geringste Bewußtsein.

Jetzt malten sie sich bereits die Lippen an, rauchten in der Ecke, wo die Sportgeräte standen, masturbierten, schrieben alberne Postkarten an Diskjockeys, sprühten mit rotem Spray Graffiti an die Zäune irgendwelcher Häuser und lasen – möglicherweise – *Krieg und Frieden*.

Großartig, dachte ich.

Vor vierzehn oder fünfzehn Jahren, war das nicht die Zeit, als ich Rasen mähte?

Das Gedächtnis ähnelt einem Roman, beziehungsweise ähnelt der Roman dem Gedächtnis.

Mir ist dies aufs eindringlichste bewußt geworden, seit ich selbst anfing, Romane zu schreiben. Das Gedächtnis ähnelt einem Roman und umgekehrt.

Man mag sich auch noch so sehr um eine klare Form bemühen, die Gedanken wandern hierhin und dorthin und verlieren zuletzt sogar ihren Zusammenhang. Als legte man ein paar kleine erschöpfte Kätzchen übereinander. Sie sind lebendig und warm, aber fragil. Daß solche Gedanken zur Ware werden – und es sind Waren –, erfüllt mich mit großer Scham. Ich werde in der Tat rot vor Scham. Und wenn ich rot werde, wird die ganze Welt rot.

Begreift man jedoch die menschliche Existenz als eine Aneinanderreihung ziemlich unsinniger Aktionen, die auf relativ einfachen Motiven beruhen, erübrigt sich die Frage danach, was richtig und was falsch ist, fast ganz. Und da haben das Gedächtnis und der Roman ihren Ursprung. Er ist wie eine ewige Maschine, die niemand stoppen kann. Klappernd geht sie um die Welt und zieht auf deren Oberfläche eine unendliche Linie.

Hoffentlich geht es gut, sagt er. Aber es geht nicht gut. Es ist nie gutgegangen.

Und wie soll ich es machen?

Also, ich sammle wieder die Kätzchen ein und lege sie übereinander. Die Kätzchen sind erschöpft und fühlen sich weich an. Was denken sie wohl, wenn sie aufwachen und entdecken, daß sie aufeinandergeschichtet sind wie Brennholz für ein Lagerfeuer. Nanu, irgendwie komisch, mögen sie vielleicht denken. Wenn das der Fall ist – wenn es dabei bliebe –, wäre ich vielleicht gerettet.

So ist das.

Ich war achtzehn oder neunzehn, als ich Rasen mähte, es ist also schon ziemlich lange her. Damals hatte ich eine Freundin, sie war genauso alt wie ich, aber aufgrund irgendwelcher Umstände wohnte sie in einer anderen Stadt, weit weg. Alles in allem trafen wir uns im Jahr ungefähr zwei Wochen. Dann schliefen wir zusammen, gingen ins Kino und ziemlich luxuriös essen und redeten pausenlos ohne jeden Zusammenhang. Am Schluß stritten wir uns jedesmal ganz dramatisch, versöhnten uns wieder und gingen noch mal zusammen ins Bett. Kurzum, wir erledigten das Pensum eines normalen Liebespaares, wie in einem Filmtrailer, ganz komprimiert.

Ob ich sie wirklich liebte, kann ich heute nicht mehr genau sagen. Ich erinnere mich an sie, aber ob ich sie liebte, weiß ich nicht. Ich ging gerne mit ihr essen, und ich sah ihr gerne zu, wenn sie sich Stück für Stück auszog. Ich mochte es auch, in ihren weichen Körper einzudringen. Und ich mochte es, sie anzusehen, wenn sie nach dem Sex den Kopf auf meine Brust legte, redete und einschlief. Doch das war das einzige, was ich von ihr wußte. Eine genauere Vorstellung gab es nicht.

Abgesehen von den paar Wochen, die ich mit ihr zusammen war, verlief mein Leben schrecklich monoton. Ich ließ mich von Zeit zu Zeit in der Universität blicken, hörte Vorlesungen und erzielte durchschnittliche Noten. Nach den Vorlesungen ging ich manchmal allein ins Kino oder bummelte ohne besonderen Grund in der Stadt herum. Ich hatte eine Bekannte, mit der ich mich gut verstand. Sie hatte einen Freund, aber wir gingen öfters zusammen aus und redeten über alles mögliche. Wenn ich allein war, hörte ich die ganze Zeit Rock 'n' Roll. Manchmal war ich glücklich, manchmal eher unglücklich. Aber das ging damals allen so.

Eines Morgens im Sommer, es war Anfang Juli, bekam ich einen langen Brief von meiner Freundin, in dem sie schrieb, daß sie sich von mir trennen wolle. Ich habe dich immer sehr gerne gemocht, auch jetzt mag ich dich noch sehr, und ich werde dich auch in Zukunft … und so weiter. Kurzum, sie wollte sich von mir trennen. Sie hatte einen neuen Freund. Ich schüttelte den Kopf, rauchte sechs Zigaretten, ging raus und trank eine Dose Bier, kehrte in mein Zimmer zurück und rauchte wieder. Dann nahm ich drei lange Bleistifte, Stärke HB, von meinem Schreibtisch und zerbrach sie. Nicht, daß ich böse gewesen wäre. Ich wußte nur nicht richtig, was ich machen sollte. Ich zog mich um und ging zur Arbeit. In der darauffolgenden Zeit bekam ich von allen Seiten zu hören, ich sei in letzter Zeit viel fröhlicher geworden. Mir ist das Leben ein Rätsel.

In jenem Jahr verdiente ich mir mein Geld mit Rasenmähen. Die Rasenmähfirma lag in der Nähe vom Bahnhof Kyôdô an der Odakyû-Linie und war ein ziemlich gut laufender Betrieb. Die meisten Leute legen, wenn sie ein Haus bauen, in ihrem Garten einen Rasen an. Oder sie halten sich einen Hund. Es ist wie ein Reflex. Manche haben auch beides auf einmal. Das ist eigentlich gar nicht so schlecht. Grüner Rasen ist schön, und Hunde sind süß. Aber schon nach einem halben Jahr macht sich bei allen ein gewisser Unmut breit. Rasen müssen gemäht und Hunde ausgeführt werden. Und genau da hapert es eben.

Also auf jeden Fall mähten wir für solche Leute Rasen. Ich hatte diesen Job im Sommer des vorhergehenden Jahres über das Studentenwerk der Universität gefunden. Mit mir hatten noch einige andere Leute angefangen, doch sie hatten alle bald aufgehört, und nur ich war übriggeblieben. Die Arbeit war hart, aber nicht schlecht bezahlt. Außerdem brauchte man nicht groß mit jemandem zu reden. Genau das richtige für mich. Seit ich dort arbeitete, hatte ich mir eine größere Summe zusammenverdient. Mit dem Geld wollte ich mit meiner Freundin im Sommer irgendwohin reisen. Aber jetzt, nachdem sie sich von mir getrennt hatte, gab es auch keine Reise mehr. Ungefähr eine Woche nachdem ich ihren Brief bekommen hatte, dachte ich mir alles mögliche aus, was ich mit dem Geld machen könnte. Oder besser gesagt, außer der Verwendung des Geldes gab es nichts, worüber ich hätte nachdenken müssen. Es war irgendwie eine verrückte Woche. Mein Körper fühlte sich an wie der Körper eines anderen. Meine Hände, mein Kopf, mein Penis, alles schien nicht mehr zu mir zu gehören. Ich versuchte mir vorzustellen, wie jemand anderes sie umarmte. Jemand – jemand, den ich nicht kannte – biß sie sanft in ihre kleinen Brustwarzen. Irgendwie ein ganz komisches Gefühl. Als gäbe es mich nicht mehr.

Was die Verwendung des Geldes anbelangte, fiel mir letztlich nichts ein. Jemand bot mir an, ihm sein Auto – einen 1000er Subaru – abzukaufen. Es hatte zwar schon einige Kilometer runter, aber es war kein schlechtes Auto, und auch der Preis war in Ordnung. Aber irgendwie hatte ich keine Lust. Ich überlegte, die Lautsprecher meiner Stereoanlage gegen größere auszutauschen, aber in meiner kleinen Altbauwohnung aus Holz wäre das unsinnig. Ich hätte umziehen können, aber auch das wäre sinnlos. Denn wenn ich umzöge, bliebe nicht genügend Geld, um neue Lautsprecher zu kaufen.

Es gab keine Verwendung für das Geld. Ich kaufte mir ein Polohemd für den Sommer und einige Platten, aber es blieb noch immer viel übrig. Ich kaufte mir ein gutes Transistorradio von Sony, mit großen Lautsprechern und gutem Kurzwellenempfang.

Nach dieser einen Woche wurde mir etwas klar. Wenn ich keine Verwendung für das Geld fand, war es sinnlos, noch mehr Geld, für das es keine Verwendung gab, zu verdienen.

Eines Morgens teilte ich also dem Chef der Rasenmähfirma mit, daß ich kündigen wolle. Ich müsse mich langsam auf meine Prüfungen vorbereiten und wolle vorher noch ein bißchen verreisen. Ich konnte unmöglich sagen, daß ich kein Geld mehr brauchte.

»So so, das ist aber schade«, sagte der Chef (er wirkte eher wie der alte Gärtner von nebenan) mit offenbar echtem Bedauern. Dann seufzte er, setzte sich in seinen Stuhl und rauchte eine Zigarette. Er sah zur Decke und bewegte seinen Kopf knackend hin und her. »Du hast wirklich gut gearbeitet. Von den Aushilfen bist du der erfahrenste, und auch bei den Kunden bist du sehr beliebt. Für dein Alter hast du wirklich gute Arbeit geleistet.«

»Danke«, sagte ich. Ich war wirklich beliebt. Das lag daran, daß ich meine Arbeit gründlich verrichtete. Die meisten Aushilfen mähen mit dem großen Elektromäher einmal schnell über den Rasen, für den Rest aber geben sie sich keine große Mühe. Auf diese Weise werden sie schnell fertig und sind hinterher nicht so erschöpft. Mein Arbeitsstil ist das genaue Gegenteil. Mit der Maschine arbeite ich mäßig, für die Handarbeit aber nehme ich mir viel Zeit. Die kleinen Stellen in den Ecken, an die man mit der Maschine nicht gut herankommt, bearbeite ich mit großer Sorgfalt. Das Resultat läßt sich natürlich sehen. Allerdings ist die Ausbeute gering. Denn der Lohn wird pro Auftrag berechnet, und der Preis richtet sich nach der ungefähren Größe des Gartens. Außerdem habe ich, da ich die ganze Zeit gebückt arbeite, hinterher ziemlich Rückenschmerzen. Doch das versteht nur, wer es wirklich selbst erfahren hat. Bis man sich daran gewöhnt hat, wird sogar das Treppensteigen zur Tortur.

Ich verrichtete meine Arbeit aber nicht deshalb so sorgfältig, um mich beliebt zu machen. Sie werden es mir vielleicht nicht glauben, aber ich tat es einfach, weil mir Rasenmähen Spaß macht. Jeden Morgen schliff ich die Rasenschneidescheren, fuhr mit dem Kleintransporter, auf den ich den Rasenmäher geladen hatte, zu den Kunden und mähte Rasen. Es gibt alle möglichen Gärten, alle möglichen Rasen und alle möglichen Hausfrauen. Manche sind sanft und freundlich, andere bissig. Es gibt auch junge Hausfrauen, die sich, während ich Rasen mähe, ohne BH und mit einem lockeren T-Shirt bekleidet, so vor mir bücken, daß ich ihre Brustwarzen sehen kann.

Jedenfalls mähte ich weiter Rasen. Die meisten Rasen waren ziemlich hoch gewachsen, fast schon wie ein Dickicht. Je höher die Rasen waren, desto befriedigender war die Arbeit. Wenn ich mit der Arbeit fertig war, bot der Garten einen völlig anderen Anblick als zuvor. Das war ein erhebendes Gefühl. So, als verschwände plötzlich eine dicke Wolke und das Sonnenlicht überflute die ganze Umgebung.

Nur einmal habe ich – nachdem ich mit der Arbeit fertig war – mit einer der Hausfrauen geschlafen. Sie war einunddreißig oder zweiunddreißig, klein und hatte kleine feste Brüste. Wir schlossen alle Läden, ließen die Lichter aus und machten es in dem völlig dunklen Zimmer. Sie behielt ihr Kleid an, zog sich die Unterhose aus und setzte sich auf mich. Unterhalb ihrer Brüste durfte ich sie nicht berühren. Ihr Körper war ungewöhnlich kalt, nur ihre Vagina war warm. Sie sprach fast kein Wort. Auch ich schwieg. Der Stoff ihres Kleides raschelte, mal langsamer, mal schneller. Zwischendurch klingelte einmal das Telefon. Es klingelte eine Weile und hörte dann auf.

Später fragte ich mich, ob nicht vielleicht diese Geschichte schuld an der Trennung zwischen mir und meiner Freundin gewesen sei. Nicht, daß es einen Grund für diese Überlegung gegeben hätte. Es kam mir nur irgendwie in den Sinn. Die Schuld des unbeantwortet gebliebenen Telefons. Aber egal, das ist vorbei.

»Es ist natürlich schwierig«, sagte der Chef. »Wenn du jetzt gehst, kriege ich die Aufträge nicht erledigt. Und das in der hektischsten Zeit.«

In der Regenzeit wächst nämlich der Rasen besonders schnell.

»Wie wär's? Könntest du nicht noch eine Woche arbeiten? In einer Woche kann ich jemand neuen finden und schaffe es irgendwie. Wenn du eine Woche wartest, zahle ich dir auch einen Bonus.«

»Gut«, sagte ich. Ich hatte momentan keine besonderen Pläne, vor allem aber hatte ich nichts gegen die Arbeit. Trotzdem schien es mir seltsam. In dem Moment, in dem ich kein Geld mehr wollte, überhäufte man mich damit.

Drei Tage lang schien die Sonne, dann regnete es einen Tag, und dann schien wieder drei Tage die Sonne. So verging die letzte Woche.

Es war Sommer. Ein bezaubernd schöner Sommer. Am Himmel schwebten scharf konturierte weiße Wolken. Die Sonne stach in die Haut. Dreimal pellte sich mein Rücken fein säuberlich, dann war ich schwarz. Sogar hinter den Ohren.

Am Morgen meines letzten Arbeitstages stieg ich, mit T-Shirt, kurzen Hosen, Tennisschuhen und einer Sonnenbrille bekleidet, in den Kleintransporter und fuhr zu meinem letzten Garten. Da das Autoradio kaputt war, hatte ich mein Transistorradio von zu Hause mitgenommen und hörte beim Fahren Rock 'n' Roll. Sachen wie Credence oder Grand Funk. Alles rotierte um die Sommersonne. Hin und wieder pfiff ich mit, und wenn ich nicht pfiff, rauchte ich eine Zigarette. Der FEN-Nachrichtensprecher ratterte mit seltsamer Intonation eine Reihe vietnamesischer Ortsnamen herunter.

Mein letzter Arbeitsplatz befand sich in der Nähe des Yomiuri-Vergnügungsparks. Großartig. Warum bestellten sich Leute aus der Kanagawa-Präfektur bloß einen Rasenmähdienst aus Setagaya?

Aber ich hatte kein Recht, mich zu beschweren. Ich hatte mir diese Arbeit selbst ausgesucht. Wenn man morgens in die Firma kam, standen auf der Tafel sämtliche Arbeitsplätze des Tages, und jeder suchte sich die passenden aus. Die meisten nahmen Orte in der Nähe. Dadurch sparten sie sich lange Anfahrtszeiten und konnten mehr Jobs erledigen. Ich hingegen wählte möglichst weit gelegene Ziele. Immer. Alle wunderten sich darüber. Denn wie schon erwähnt, war ich der erfahrenste und durfte mir also als erster die Arbeit, die mir zusagte, aussuchen.

Es gibt keinen besonderen Grund dafür. Es macht mir einfach Spaß, weit zu fahren. Es gefällt mir, in weit entlegenen Gärten weit entlegene Rasen zu mähen. Es gefällt mir, auf den weiten Wegen weit entfernte Landschaften zu betrachten. Aber hätte ich versucht, das jemandem zu erklären, hätte mich wahrscheinlich niemand verstanden.

Ich hatte alle Fenster geöffnet. Je mehr ich mich von der Stadt entfernte, desto kühler wurde der Wind, und desto intensiver leuchtete das Grün. Der Geruch von Gras und trockener Erde wurde stärker, und die Grenze zwischen Himmel und Wolken bildete eine klare Linie. Es war phantastisches Wetter. Das ideale Wetter, um mit einem Mädchen eine kleine Sommerreise zu unternehmen. Ich dachte an das kühle Meer und an einen heißen Strand. Ich dachte an ein kleines Zimmer mit Klimaanlage und an frische blaue Bettlaken. Nur daran. Sonst dachte ich an gar nichts. In meinem Kopf tauchten abwechselnd der Strand und die blauen Laken auf.

Als ich an einer Tankstelle Benzin nachfüllen ließ, dachte ich immer noch daran. Ich hatte mich neben der Tankstelle ins Gras gelegt und beobachtete, wie der Tankwart den Ölstand prüfte und die Fenster putzte. Als ich mein Ohr an den Boden legte, vernahm ich verschiedene Geräusche. Eines klang sogar wie weit entfernte Wellen. Natürlich waren es keine Wellen. Es waren bloß von der Erde absorbierte Geräusche, die sich miteinander vermischten. Auf einem Grashalm direkt vor mir spazierte ein kleines Insekt. Ein kleines grünes Insekt mit Flügeln. An der Spitze des Grashalms angelangt, zögerte es einen Moment und lief dann denselben Weg zurück. Es schien nicht besonders enttäuscht.

Nach etwa zehn Minuten war der Wagen fertig. Der Tankwart drückte auf die Hupe, um es mir mitzuteilen.

Das Haus lag an einem Hang in einer hügeligen Gegend. Es war eine friedliche und vornehme Gegend. Auf beiden Seiten der gewundenen Straße reihten sich Keyaki-Bäume. In einem Garten bespritzten sich zwei kleine nackte Jungen mit einem Gartenschlauch. Durch den in den Himmel gerichteten Wasserstrahl entstand ein kleiner, etwa einen halben Meter langer Regenbogen. Irgend jemand übte bei geöffnetem Fenster Klavier.

Das Haus war leicht zu finden, wenn man den Hausnummern folgte. Ich stellte den Kleintransporter vor dem Haus ab, stieg aus und klingelte an der Tür. Keine Antwort. Drumherum war es ganz still. Keine Menschenseele war zu sehen. Ich klingelte noch einmal und wartete geduldig.

Es war ein bescheidenes hübsches Haus. Die Wände waren cremefarben verputzt und in der Mitte des Daches ragte ein viereckiger Schornstein der gleichen Farbe nach oben. Die Fensterrahmen waren grau, und innen hingen weiße Gardinen. Allerdings waren die Gardinen von der Sonne vergilbt und die Fensterrahmen verblichen. Das Haus war alt, doch stand ihm das gut zu Gesicht. Es war ein Haus, wie man es öfters in Feriensiedlungen sieht, das nur ein halbes Jahr bewohnt ist und das übrige halbe Jahr leersteht. Diese Atmosphäre meine ich. Aus irgendeinem Grund war der Geruch des Lebens aus ihm gewichen.

Die Gartenmauer aus französischen Ziegeln war nur hüfthoch, darüber wuchs eine Rosenhecke. Die Blüten waren bereits abgefallen, und nur die grünen Blätter sogen sich mit dem gleißenden Sommerlicht voll. Den Zustand des Rasens konnte ich nicht erkennen, doch der Garten war ziemlich groß, und ein mächtiger Kampferbaum warf seinen kühlen Schatten auf die cremefarbene Hauswand.

Als ich zum dritten Mal klingelte, öffnete sich langsam die Eingangstür, und eine Frau mittleren Alters erschien. Sie war ungemein groß. Ich selbst zähle zwar auch nicht zu den Kleinsten, aber diese Frau war bestimmt drei Zentimeter größer als ich. Sie hatte breite Schultern und schien irgendwie wütend zu sein. Sie war um die Fünfzig. Keine Schönheit, aber sie hatte ein feines Gesicht. Mit fein meine ich jedoch nicht, daß es die Sorte Gesicht war, die jedermann gern hat. Ihre dicken Augenbrauen und ihr viereckiges Kinn schienen von einem Starrsinn zu zeugen, etwas Gesagtes niemals zurückzunehmen.

Sie sah mich aus schläfrigen Augen unwirsch an. Ihr festes, mit weißen Strähnen leicht durchzogenes Haar wellte sich oben auf ihrem Kopf, und aus den Schultern ihres braunen Baumwollkleides hingen ihre kräftigen Arme schlaff herab. Die Arme waren ganz weiß.

»Ich komme, um den Rasen zu mähen«, sagte ich und nahm meine Sonnenbrille ab.

»Rasen?« fragte sie und neigte den Kopf.

»Ja, Sie haben uns angerufen.«

»Ach ja, der Rasen. Welches Datum haben wir heute?«

»Den vierzehnten.«

Sie gähnte. »Ach so. Den vierzehnten.« Sie gähnte wieder. Als hätte sie einen ganzen Monat geschlafen. »Haben Sie vielleicht eine Zigarette?«

Ich holte aus meiner Tasche eine Schachtel Short Hope, bot ihr eine an und gab ihr mit einem Streichholz Feuer. Mit sichtbarem Genuß blies sie den Rauch nach oben.

»Wieviel brauchen Sie ungefähr dafür?« fragte sie.

»Sie meinen Zeit?«

Sie schob ihr Kinn weit nach vorn und nickte.

»Das hängt von der Größe der Fläche und vom Zustand des Rasens ab. Könnte ich vielleicht einmal einen Blick darauf werfen?«

»Natürlich. Sonst können Sie ja nicht anfangen.«

Ich folgte ihr zum Garten. Der Garten war eben und langgestreckt und etwa zweihundert Quadratmeter groß. Vorn standen ein paar Hortensienbüsche, es gab noch einen Kampferbaum, der Rest war Rasen. Unter einem Fenster waren zwei leere Vogelkäfige abgestellt. Der Garten war gut gepflegt, und auch der Rasen war nicht so hoch, als daß er unbedingt gemäht werden müßte. Ich verspürte eine kleine Enttäuschung.

»Das hält noch zwei Wochen«, sagte ich.

Die Frau schnaubte kurz.

»Ich möchte es kürzer. Dafür bezahle ich Sie. Wenn ich sage, es soll kürzer, ist das doch wohl in Ordnung, oder?«

Ich sah sie kurz an. Das stimmte natürlich. Ich nickte und überschlug im Kopf die Zeit.

»Vier Stunden.«

»Ziemlich langsam, oder?«

»Wenn es Ihnen nichts ausmacht, arbeite ich lieber langsam«, sagte ich.

»Ganz wie Sie wollen«, meinte sie.

Ich holte aus dem Kleintransporter den elektrischen Rasenmäher, die Rasenschneideschere, die Harke, einen Müllsack, die Thermosflasche mit Eiskaffee und das Transistorradio und brachte alles in den Garten. Die Sonne näherte sich mehr und mehr dem Zenit und die Temperatur stieg. Während ich die Werkzeuge in den Garten trug, reihte sie im Eingang zehn Paar Schuhe auf und entstaubte sie mit einem Lappen. Es waren alles Frauenschuhe, doch gab es zwei Größen, kleine und sehr große.

»Stört es Sie, wenn ich beim Arbeiten Musik höre?« fragte ich.

Gebückt blickte sie zu mir hoch. »Nein, ich mag Musik.«

Ich sammelte als erstes die kleinen Steine auf, die in dem Garten lagen, dann startete ich den Rasenmäher. Wenn Steine in die Maschine geraten, gehen die Messer kaputt. Vorn war der Rasenmäher mit einem Plastikkorb versehen, in den das gemähte Gras hineinflog. Wenn der Korb voll war, nahm ich ihn ab und leerte ihn in den Müllsack. Bei zweihundert Quadratmetern Fläche gab es, trotz des kurzen Rasens, eine ganze Menge zu schneiden. Die Sonne brannte. Ich zog mein naßgeschwitztes T-Shirt aus und arbeitete nur in Shorts weiter. Ich fühlte mich wie ein knuspriger Barbecue-Spieß. Ich könnte noch so viel Wasser trinken und würde doch nicht einen Tropfen pinkeln. Alles verwandelte sich in Schweiß.

Nachdem ich ungefähr eine Stunde gemäht hatte, machte ich eine kleine Pause, setzte mich in den Schatten des Kampferbaumes und trank Eiskaffee. Der Zucker drang in jede Zelle meines Körpers. Über meinem Kopf zirpten unaufhörlich die Zikaden. Ich schaltete das Radio ein, drehte den Regler und suchte einen passenden Sender. Bei *Mama told me* von den Three Dog Nights hielt ich an, legte mich auf den Rücken und blickte durch meine Sonnenbrille in die Zweige des Baumes und in das durch die Zweige sickernde Sonnenlicht.

Die Frau kam und stellte sich neben mich. Von unten gesehen, ähnelte sie dem Kampferbaum. In der rechten Hand hielt sie ein Glas. Im Glas befand sich etwas, das wie Whiskey aussah, und Eiswürfel, die im Sommerlicht aufleuchteten.

»Heiß, oder?« fragte sie.

»Stimmt«, antwortete ich.

»Wie steht's mit Mittagessen?« fragte sie.

Ich sah auf meine Armbanduhr. Es war zwanzig nach elf.

»Um zwölf gehe ich irgendwo was essen. In der Nähe gibt es einen Imbißstand mit Hamburgern.«

»Sie brauchen nicht extra essen zu gehen. Ich kann Ihnen ein Sandwich machen.«

»Das ist nicht nötig. Ich gehe immer irgendwo was essen.«

Sie hob das Whiskeyglas und trank es mit einem Schluck halb leer. Dann schloß sie den Mund und atmete aus. »Ich mache sowieso eins für mich. Da kann ich Ihnen schnell eins mit machen. Aber wenn Sie nicht wollen – ich möchte niemanden zwingen.«

»Dann nehme ich Ihr Angebot an. Vielen Dank.«

Ohne etwas zu sagen, schob sie das Kinn nach vorn. Dann zog sie sich, langsam die Schultern wiegend, ins Haus zurück.

Bis zwölf bearbeitete ich das Gras mit der Schere. Zuerst ging ich über die ungleichmäßigen Stellen, welche die Maschine hinterlassen hatte, und dann, nachdem ich das Gras zusammengeharkt hatte, schnitt ich die Ecken, an die ich mit der Maschine nicht herangekommen war. Eine Arbeit, die Geduld erfordert. Wollte man sie einfach nur erledigen, konnte man sie erledigen, wollte man sie aber richtig machen, hatte man ewig zu tun. Nicht immer wurde meine präzise Arbeit gewürdigt. Manchen schien ich zu trödeln. Trotzdem arbeitete ich, wie gesagt, ziemlich sorgfältig. Es ist eine Frage des Charakters. Vielleicht auch eine Frage des Stolzes.

Als irgendwo die Zwölf-Uhr-Sirene erklang, holte mich die Frau in die Küche und reichte mir die Sandwichs.

Die Küche war nicht besonders groß, aber angenehm und sauber. Es gab keinen überflüssigen Schnickschnack. Es war eine einfache und praktische Küche. Die elektrischen Geräte waren alle schon älter. Sie stimmten mich fast nostalgisch. Ein Gefühl, als wäre die Zeit stehengeblieben. Außer dem Summen des riesigen Eisschranks war alles ganz ruhig. Auch auf dem Geschirr und dem Besteck ruhte eine schattengleiche Stille. Sie bot mir ein Bier an, aber ich sagte, daß ich während der Arbeit nichts tränke, und lehnte ab. Sie holte statt dessen Orangensaft hervor. Das Bier trank sie selbst. Auf dem Tisch stand eine halbvolle Flasche White Horse. Unter dem Abwaschbecken lagen alle möglichen Flaschen.

Ihre mit Schinken, Salat und Gurkenscheiben belegten Sandwichs schmeckten noch viel besser, als sie aussahen.

»Ihre Sandwichs schmecken großartig«, sagte ich.

»Sandwichs waren schon immer meine Stärke«, sagte sie. »Sonst kann ich nichts, aber Sandwichs sind meine Stärke. Mein verstorbener Mann war Amerikaner, wissen Sie, er aß jeden Tag Sandwichs. Wenn ich ihm Sandwichs zu essen gab, war er zufrieden.«

Sie selbst aß kein einziges Stück. Sie knabberte nur zwei eingelegte Gurken und trank Bier. Es schien ihr nicht sonderlich zu schmekken. Sie trank, als ließe sich daran nichts ändern. Wir saßen uns gegenüber am Eßtisch, ich aß Sandwichs, und sie trank Bier. Sonst sagte sie nichts, und auch ich hatte nichts, worüber ich reden wollte.

Um halb eins kehrte ich zu meinem Rasen zurück. Der letzte Rasen. Wenn ich mit diesem Rasen fertig war, hatte mein Verhältnis zum Rasen für immer ein Ende.

Ich hörte Rock 'n' Roll auf FEN und schnitt dabei den Rasen ordentlich auf eine Länge. Ich harkte mehrmals das Gras zusammen und prüfte aus verschiedenen Winkeln, wie ein Friseur, daß auch keine Grasreste überstanden. Um halb zwei war ich mit zwei Dritteln des Rasens fertig. Immer wieder, wenn mir der Schweiß in die Augen rann, wusch ich mir das Gesicht am Wasserkran im Garten. Ein paarmal bekam ich ohne ersichtlichen Grund einen Steifen, dann legte er sich wieder. Beim Rasenmähen einen Steifen zu bekommen ist irgendwie albern.

Um zwanzig nach zwei war ich mit der Arbeit fertig. Ich schaltete das Radio ab, zog meine Schuhe und Strümpfe aus und lief auf dem

Rasen herum. Ein zufriedenstellendes Ergebnis. Keine Grasreste, keine Ungleichmäßigkeiten. Glatt wie ein Teppich. Ich schloß die Augen und atmete tief ein. Ich genoß einen Moment lang das kühle grüne Gefühl unter meinen Fußsohlen. Plötzlich wich alle Kraft aus meinem Körper.

Ich mag dich immer noch sehr, hatte sie in ihrem letzten Brief geschrieben. Ich finde, du bist ein zärtlicher und wunderbarer Mensch. Das meine ich wirklich. Aber irgendwann hatte ich das Gefühl, daß das allein vielleicht nicht ausreichen würde. Warum ich das dachte, weiß ich auch nicht. Es ist gemein, das so zu sagen. Und vielleicht erklärt es nichts. Neunzehn Jahre sind ein richtig fieses Alter. Noch ein paar Jahre, und ich kann es vielleicht besser erklären. Aber vielleicht bedarf es nach ein paar Jahren gar keiner Erklärung mehr.

Ich wusch mir mein Gesicht am Wasserkran, trug die Geräte zum Kleintransporter und zog ein frisches T-Shirt an. Dann öffnete ich die Tür zum Eingang und sagte der Frau, daß meine Arbeit beendet sei.

»Wie wär's mit einem Bier?« fragte sie.

»Ja, gern«, antwortete ich. Ein Bier könnte ich mir wohl erlauben.

Wir standen nebeneinander im Garten und blickten auf den Rasen. Ich trank mein Bier, und sie trank aus einem schmalen Glas Wodka Tonic ohne Zitrone. Es war ein Glas, wie man es manchmal in Spirituosengeschäften geschenkt bekommt. Die Zikaden zirpten immer noch. Die Frau schien kein bißchen betrunken. Nur ihr Atem ging etwas unnatürlich. Er entwich leise zwischen ihren Zähnen. Ich hatte das Gefühl, als könnte sie das Bewußtsein verlieren und plötzlich auf den Rasen fallen und sterben. Ich stellte mir vor, wie sie umfiel. Vielleicht würde sie mit einem großen Plumps ganz gerade nach vorne fallen, dachte ich.

»Sie arbeiten gut«, sagte sie. Ihre Stimme klang gelangweilt, aber es lag kein Vorwurf darin. »Ich habe bisher schon einige Rasenmähfirmen kommen lassen, aber so ordentlich hat es vor Ihnen noch keiner gemacht«, sagte sie.

»Danke«, sagte ich.

»Mein verstorbener Mann war sehr pingelig, was den Rasen anbelangt. Er hat ihn immer selbst ganz sorgfältig gemäht. Er war in seiner Art ähnlich wie Sie.«

Ich holte meine Zigaretten heraus, bot ihr eine an, und wir rauchten beide. Ihre Hand war größer als meine und schien hart wie Stein. Das Glas in ihrer rechten und die Short Hope in ihrer linken Hand wirkten ganz klein. Sie hatte dicke Finger und trug keine Ringe. Auf ihren Fingernägeln zeichneten sich ein paar deutliche Längslinien ab.

»Wenn mein Mann frei hatte, mähte er immer den Rasen. Aber er war keineswegs ein komischer Kerl.«

Ich versuchte, mir ein wenig den Mann dieser Frau vorzustellen. Es gelang mir nicht richtig. Genausowenig, wie ich mir ein Kampferbaumehepaar vorstellen konnte.

Die Frau atmete wieder sachte aus.

»Seit mein Mann tot ist«, sagte sie, »habe ich immer jemanden kommen lassen. Ich vertrage die Sonne nicht, und meine Tochter mag es nicht, wenn sie braun wird. Na ja, auch abgesehen vom Braunwerden mähen junge Mädchen wohl nicht gerne Rasen.«

Ich nickte.

»Aber Ihre Art zu arbeiten gefällt mir. So muß ein Rasen gemäht werden. Beim Mähen braucht man doch ein Gefühl. Ohne Gefühl wäre es bloß …«, sie suchte nach einem Wort, aber es fiel ihr nicht ein. Statt dessen rülpste sie.

Ich blickte noch einmal über den Rasen. Das also war meine letzte Arbeit. Irgendwie stimmte es mich traurig. In diese Trauer mischte sich die über die Trennung von meiner Freundin. Mit diesem letzten Rasen würde wohl auch das Gefühl zwischen ihr und mir verlöschen, dachte ich. Ich dachte an ihren Körper.

Die Kampferbaumfrau rülpste noch einmal. Dann verzog sie ganz furchtbar das Gesicht.

»Kommen Sie nächsten Monat wieder, ja.«

»Nächsten Monat geht nicht«, sagte ich.

»Warum nicht?« fragte sie.

»Das war meine letzte Arbeit«, sagte ich. »Wenn ich nicht bald wieder ins Studentendasein zurückkehre und ordentlich studiere, wird es riskant mit meinen Noten.«

Sie sah mir eine Weile ins Gesicht, dann blickte sie auf meine Füße, und dann wieder in mein Gesicht.

»Sie sind also Student?«

»Ja«, antwortete ich.

»Welche Universität?«

Ich nannte ihr den Namen meiner Universität. Der Name machte auf sie keinen besonderen Eindruck. Es war auch keine Universität, die besonderen Eindruck macht. Sie kratzte sich mit dem Zeigefinger hinter dem Ohr.

»Sie werden diese Arbeit also nicht mehr machen?«

»Ja, auf jeden Fall nicht diesen Sommer«, sagte ich. Diesen Sommer würde ich keinen Rasen mehr mähen. Auch nicht nächsten und übernächsten Sommer.

Sie behielt einen Moment den Wodka Tonic im Mund, als wolle sie gurgeln, und schluckte ihn dann in zwei Etappen genüßlich herunter. Überall auf ihrer Stirn traten Schweißperlen hervor. Es sah aus, als klebten kleine Insekten auf ihrer Haut.

»Kommen Sie herein«, sagte sie, »draußen ist es zu heiß.«

Ich sah auf meine Armbanduhr. Fünf nach halb drei. Ich wußte nicht, ob das spät oder früh war. Meine Arbeit hatte ich bereits getan. Ab morgen würde ich nicht einen Zentimeter Rasen mehr mähen müssen. Ein ziemlich komisches Gefühl.

»Oder haben Sie es eilig?« fragte sie.

Ich schüttelte den Kopf.

»Dann kommen Sie rein und trinken Sie etwas Kaltes. Soviel Zeit wird das nicht kosten. Es gibt auch etwas, was ich Ihnen zeigen möchte.«

Etwas, was sie mir zeigen wollte?

Aber ich hatte keine Zeit, mir darüber Gedanken zu machen. Sie lief bereits rasch voran und drehte sich noch nicht einmal nach mir um. Notgedrungen folgte ich ihr. Mein Kopf war von der Hitze wie benebelt.

Im Haus herrschte nach wie vor Stille. Als ich aus der Lichtflut des Sommernachmittags plötzlich in das Innere des Hauses trat, spürte ich einen stechenden Schmerz hinter den Augenlidern. Im Haus schwebte eine gedämpfte Finsternis wie in einer wäßrigen Lösung. Eine Finsternis, die schon seit Jahrzehnten dort ansässig zu sein schien. Nicht, daß es besonders dunkel gewesen wäre, es war eine gedämpfte Finsternis. Die Luft war kühl. Nicht die Kühle einer Klimaanlage, sondern eine Kühle, die durch Bewegung der Luft entsteht. Irgendwoher kam ein Windzug und verschwand irgendwohin.

»Hier entlang«, sagte die Frau und lief mit schlurfenden Schritten einen geraden Flur entlang. Im Flur gab es mehrere Fenster, aber die Steinmauer des Nachbarhauses und die Zweige eines zu groß gewachsenen Kampferbaums ließen kein Licht herein. Es gab alle möglichen Gerüche. Jeder Geruch barg eine Erinnerung. Es waren Gerüche, die die Zeit hervorbringt. Gerüche, die die Zeit hervorbringt und irgendwann wieder auslöscht. Gerüche von alten Kleidern, alten Möbeln, alten Büchern, altem Leben. Am Ende des Flurs war eine Treppe. Sie drehte sich herum, um sich zu vergewissern, daß ich ihr folgte, und stieg die Treppe hinauf. Bei jeder Stufe knarrte das alte Holz.

Oben angelangt, drang endlich Licht ins Haus. Das Fenster auf dem Treppenabsatz war ohne Gardinen, und die Sommersonne bildete auf dem Boden eine Lichtpfütze. Im ersten Stock gab es nur zwei Zimmer. Das eine war ein Abstellraum, das andere ein richtiges Zimmer. In der stumpf gewordenen, hellgrünen Tür befand sich ein kleines Fenster aus geschliffenem Glas. Die grüne Farbe war ein wenig abgesprungen, und die Messingtürklinke hatte sich am Griff hell verfärbt.

Die Frau spitzte ihre Lippen, pustete einmal, stellte das fast leere Wodka-Tonic-Glas auf die Fensterbank, holte aus der Tasche ihres Kleides einen Schlüsselbund und öffnete mit viel Krach die Tür.

»Treten Sie ein«, sagte sie. Wir traten in das Zimmer. Drinnen war es stockdunkel und stickig. Der Raum war angefüllt mit heißer Luft. Durch Ritzen in den geschlossenen Fensterläden drangen mehrere, wie Silberpapier schmale Lichtstrahlen ins Zimmer. Ich konnte nichts erkennen. Ich sah nur, wie der Staub flirrend umhertanzte. Sie zog die Vorhänge auf, öffnete die Fenster und schob geräuschvoll die Läden auf. Im selben Moment durchfluteten blendendes Licht und ein kühler Wind das Zimmer.

Das Zimmer war ein typisches Jungmädchenzimmer. Am Fenster stand ein Schreibtisch, ihm gegenüber ein kleines Bett aus Holz. Das Bett war mit völlig faltenlosen, türkisblauen Laken bezogen, und es gab ein Kopfkissen in der gleichen Farbe. Am Fußende lag zusammengefaltet eine Wolldecke. Neben dem Bett standen ein Kleiderschrank und ein Toilettentisch. Auf dem Toilettentisch waren mehrere Kosmetikartikel aufgereiht. Eine Haarbürste, eine kleine Schere, ein Lippenstift, eine Puderdose und anderes mehr. Sie schien nicht der Typ, der sich besonders fürs Schminken interessierte.

Auf dem Tisch lagen Hefte und zwei Wörterbücher, ein französisches und ein englisches. Sie schienen ziemlich viel benutzt worden zu sein. Nicht auf eine grobe Art, sondern ganz ordentlich. Auf einer Stiftablage lag normales Schreibzeug, die Stifte ordentlich mit der Spitze in gleicher Höhe aufgereiht. Der Radiergummi war nur an einer Seite etwas abgenutzt. Darüber hinaus gab es einen Wecker, eine Tischlampe und einen Briefbeschwerer aus Glas. Alles ganz schlicht. An der Holzwand hingen fünf Vogelbilder und ein Kalender nur mit Zahlen. Als ich mit dem Finger über den Tisch strich, war der Finger weiß vor Staub. Staub von ungefähr einem Monat. Auch der Kalender zeigte Juni.

Im ganzen besehen hatte dieses Zimmer für ein Mädchen in diesem Alter eine angenehme Schlichtheit. Es gab keine Stofftiere und auch keine Fotos von Rocksängern. Es gab keine grellen Dekors und auch keinen Papierkorb mit Blumenmuster. In einem eingebauten Bücherschrank standen verschiedene Bücher, Literaturgesamtausgaben, Gedichtsammlungen, Filmzeitschriften und Ausstellungskataloge. Es gab auch einige englische Taschenbuchausgaben. Ich versuchte, mir die Bewohnerin dieses Zimmers vorzustellen, aber es gelang mir nicht. Nur das Gesicht meiner ehemaligen Freundin tauchte vor meinen Augen auf.

Die große Frau mittleren Alters saß auf dem Bett und sah mir zu. Sie war meinem Blick die ganze Zeit gefolgt, schien aber an etwas völlig anderes zu denken. Ihre Augen waren mir zwar zugewandt, doch in Wirklichkeit sah sie nichts. Ich setzte mich auf den Stuhl am Schreibtisch und blickte auf die verputzte Wand hinter ihr. An der Wand hing nichts. Es war einfach eine weiße Wand. Als ich lange darauf starrte, schien sie von oben auf mich zuzukommen. Ich hatte das Gefühl, als würde sie jeden Moment über der Frau zusammenbrechen. Aber natürlich tat sie das nicht. Es wirkte nur so aufgrund der Lichtstrahlen.

»Möchten Sie nicht etwas trinken?« fragte sie. Ich lehnte ab.

»Sie brauchen nicht zurückhaltend zu sein. Ich freß Sie schon nicht auf.«

»Also, dann hätte ich gern das gleiche, aber verdünnt«, sagte ich und zeigte auf ihren Wodka Tonic.

Nach fünf Minuten erschien sie wieder mit zwei Wodka Tonic und einem Aschenbecher. Ich trank einen Schluck von meinem Wodka Tonic. Er war nicht sehr verdünnt. Ich rauchte eine Zigarette, während ich darauf wartete, daß das Eis schmolz. Sie setzte sich aufs Bett und trank ihren wahrscheinlich noch stärkeren Wodka Tonic in kleinen Zügen. Ab und zu kaute sie mit knackendem Geräusch etwas Eis.

»Mein Körper ist kräftig«, sagte sie. »Ich werde nicht leicht betrunken.«

Ich nickte vage. Bei meinem Vater war es genauso. Aber es gibt keinen Menschen, der den Wettkampf gegen den Alkohol gewonnen hätte. Die meisten merken bloß nichts, bis sie mit ihrer Nase schon vollkommen im Dreck stecken. Mein Vater starb, als ich sechzehn war. Er starb auf eine ganz einfache Weise. So einfach, daß ich mich nicht einmal genau daran erinnere, ob er überhaupt gelebt hat oder nicht.

Sie schwieg die ganze Zeit. Wenn sie das Glas bewegte, klirrte das Eis. Durch das geöffnete Fenster wehte ab und zu ein kühler Lufthauch herein. Der Wind kam von Süden, über einen Hügel. Es war ein ruhiger Sommernachmittag, an dem man einfach hätte einschlafen können. Irgendwo in der Ferne klingelte ein Telefon.

»Öffnen Sie mal den Kleiderschrank«, sagte die Frau. Ich stellte mich vor den Kleiderschrank und öffnete die beiden Schranktüren, wie sie gesagt hatte. Der Schrank hing vollgestopft mit Kleidungsstücken. Zur Hälfte waren es Kleider, zur anderen Röcke, Blusen und Jacken. Alles Sommersachen. Es gab alte Sachen und welche, die kaum getragen schienen. Die Röcke waren zum Großteil Miniröcke. Geschmack und Qualität waren nicht schlecht. Nichts, was spezielle Aufmerksamkeit erregen würde, aber alles sehr ausgesucht. Mit so vielen Kleidern könnte man einen ganzen Sommer lang bei jeder Verabredung etwas anderes tragen. Nachdem ich die Reihe der Kleider eine Weile betrachtet hatte, schloß ich den Schrank.

»Schöne Sachen«, sagte ich.

»Machen Sie auch die Schubladen auf«, sagte sie. Ich zögerte etwas, gab aber nach und zog eine Schublade nach der anderen von der zum Schrank gehörenden Kommode auf. In Abwesenheit eines Mädchens dessen Zimmer zu durchwühlen hielt ich – auch mit der Erlaubnis der Mutter – nicht gerade für gutes Benehmen, doch mich ihrer Anweisung zu widersetzen schien mir zu anstrengend. Ich hatte keine Ahnung, was Leuten, die seit elf Uhr morgens Alkohol tranken, im Kopf herumging. In der obersten großen Schublade lagen Jeans, Polohemden und T-Shirts. Gewaschen, ordentlich zusammengelegt, ohne jede Falte. In der zweiten waren Handtaschen, Gürtel, Taschentücher und Ketten. Auch einige Stoffhüte. In der dritten Schublade lagen Unterwäsche und Strümpfe. Alles war sauber und ordentlich. Ich wurde plötzlich irgendwie traurig. Es war ein Gefühl, als laste etwas auf meiner Brust. Ich machte die Schublade zu.

Die Frau saß auf dem Bett und sah durch das Fenster hinaus in die Landschaft. Das Wodka-Tonic-Glas in ihrer rechten Hand war fast leer.

Ich setzte mich wieder auf den Stuhl und zündete mir eine neue Zigarette an. Draußen sah man auf einen sanften Hügel, der an seinem Fuß in einen anderen Hügel überging. Die grünen Wellen setzten sich endlos fort, und darauf reihten sich, wie aufgeklebt, die Wohnviertel. Jedes Haus besaß einen Garten, und in jedem Garten gab es einen Rasen.

»Was denken Sie«, fragte sie, die Augen nach wie vor zum Fenster gewandt, »über das Mädchen?«

»Ich weiß es nicht, ich bin ihr ja noch nie begegnet«, antwortete ich.

»Die meisten Frauen erkennt man an ihrer Kleidung«, sagte sie.

Ich dachte an meine Freundin. Ich versuchte mich daran zu erinnern, was für Kleider sie getragen hatte. Aber ich konnte mich an nichts erinnern. Alles, was mir einfiel, war ein verschwommenes Bild. Wollte ich mich an ihren Rock erinnern, verschwand die Bluse, und stellte ich mir ihren Hut vor, verlief ihr Gesicht mit dem irgendeines anderen Mädchens. Ich konnte mir nicht eine einzige Begebenheit von vor nur einem halben Jahr ins Gedächtnis rufen. Was hatte ich dann aber überhaupt von ihr gewußt?

»Ich weiß es nicht«, wiederholte ich.

»Sie können auch einfach sagen, was Sie für ein Gefühl haben. Sagen Sie, was Ihnen einfällt. Es reicht, wenn Sie ganz wenig sagen.«

Ich trank einen Schluck von meinem Wodka Tonic, um etwas Zeit zu gewinnen. Das Eis war fast geschmolzen, und das Tonic-Wasser schmeckte süß. Der Wodka drang durch meine Kehle, floß hinab in meinen Magen und löste sich in eine unbestimmbare Wärme auf. Ein Windstoß, der durch das Fenster kam, wehte weiße Zigarettenasche auf den Tisch.

»Sie scheint eine sehr nette, ordentliche Person zu sein«, sagte ich. »Sie ist nicht besonders aufdringlich, hat aber auch keinen schwachen Charakter. Ihre Noten liegen über dem Durchschnitt. Sie geht auf eine Universität für Frauen oder absolviert vielleicht ein Kurzstudium, sie hat nicht sehr viele Freunde, dafür aber gute ... Stimmt das?«

»Machen Sie weiter.«

Ich drehte mein Glas mehrmals in meinen Händen hin und her,

dann stellte ich es auf den Tisch. »Darüber hinaus kann ich nichts sagen. Ich bin mir ja noch nicht einmal sicher, ob das, was ich bis jetzt über sie gesagt habe, überhaupt zutrifft.«

»Sie liegen ziemlich richtig«, sagte sie ausdruckslos. »Ziemlich richtig.«

Ich hatte das Gefühl, als stehle sich ihre Gestalt Stück für Stück ins Zimmer. Sie war wie ein weißer verschwommener Schatten, ohne Gesicht, ohne Hände, ohne Füße, ohne alles. Sie stand da in dieser winzigen Brechung, die das Lichtermeer erzeugte. Ich trank noch einen Schluck Wodka Tonic.

»Sie hat einen Freund«, sagte ich. »Einen oder vielleicht zwei. Das weiß ich nicht. Wie gut sie sich verstehen, weiß ich nicht. Aber das ist auch nicht so wichtig. Das Problem ist … daß sie zu nichts richtig Vertrauen hat. Nicht zu ihrem eigenen Körper, zu ihrer Art zu denken, zu dem, was sie will, und zu dem, was andere von ihr wollen … Zu allem eben.«

»Ja«, sagte die Frau nach einer Weile. »Ich verstehe, was Sie meinen.«

Ich verstand es nicht. Ich kannte die Bedeutung meiner Worte. Aber ich wußte nicht, von wem und an wen sie gerichtet waren. Ich war sehr erschöpft und wollte schlafen. Mit ein wenig Schlaf würde vieles klarer sein, dachte ich. Aber ehrlich gesagt, glaubte ich nicht, daß Klarheit irgend etwas nützen würde.

Dann war die Frau eine ganze Weile still. Auch ich schwieg. Da ich nicht wußte, was ich anderes tun sollte, trank ich meinen Wodka Tonic halb leer. Der Wind schien etwas zugenommen zu haben. Ich sah, wie die runden Blätter des Kampferbaums sich hin und her bewegten. Ich kniff meine Augen zusammen und sah ihnen zu. Das Schweigen dauerte lange, aber das störte nicht. Während ich darauf achtete, nicht einzuschlafen, betrachtete ich die ganze Zeit den Kampferbaum. Und mit imaginären Fingerspitzen ertastete ich immer wieder die Müdigkeit, die wie Mark in meinem Körper ruhte. Obwohl sich alles in meinem eigenen Körper abspielte, wirkte es sehr weit entfernt.

»Tut mir leid, daß ich Sie aufgehalten habe«, sagte die Frau. »Sie haben den Rasen so wunderbar gemäht, ich war einfach glücklich.«

Ich nickte.

»Ach ja, ich muß Ihnen noch Geld geben«, sagte sie und langte mit ihrer großen weißen Hand in die Tasche ihres Kleides. »Wieviel macht es?«

»Sie bekommen später eine Rechnung zugeschickt. Überweisen Sie das Geld bitte«, sagte ich.

Die Frau stieß einen irgendwie unzufrieden klingenden, kehligen Laut aus.

Wir stiegen wieder dieselbe Treppe hinunter, gingen denselben Flur entlang und gelangten zur Haustür. Der Flur und der Eingang waren, genau wie beim Hinweg, kühl und dunkel. Mich überkam das gleiche Gefühl, das ich als Kind hatte, wenn ich im Sommer barfuß die flachen Flüsse hinaufwatete und unter den großen Eisenbrücken hindurchkam. Es wurde stockfinster und mit einem Mal fiel die Temperatur ab. Der sandige Grund fühlte sich seltsam schleimig an. Im Eingang schlüpfte ich in meine Tennisschuhe, und als ich die Tür öffnete, spürte ich eine große Erleichterung. Um mich herum war alles sonnendurchflutet, und der Wind roch nach grünen Blättern. Ein paar Bienen flogen etwas träge um den Zaun herum.

»Sehr schön«, sagte die Frau noch einmal und betrachtete den Rasen.

Ich sah auf den Rasen. Er war tatsächlich sehr schön geschnitten. Man konnte sogar wunderschön sagen.

184

Die Frau begann aus ihrer Tasche alles mögliche hervorzukramen, wirklich alles mögliche, und griff dann einen darunter befindlichen zerknitterten Zehntausend-Yen-Schein heraus. Der Schein war bestimmt nicht sehr alt, aber völlig zerknittert. Vor vierzehn oder fünfzehn Jahren waren zehntausend Yen eine Menge Geld. Ich zögerte einen Moment, nahm das Geld dann aber an, da ich das Gefühl hatte, es sei besser, es nicht abzulehnen.

»Vielen Dank!« sagte ich.

Die Frau schien noch etwas sagen zu wollen. Es machte den Anschein, als wüßte sie nicht genau, wie sie es ausdrücken sollte. Etwas verlegen sah sie auf ihr Glas in der rechten Hand. Das Glas war leer. Dann sah sie wieder zu mir.

»Wenn Sie wieder anfangen mit dem Rasenmähen, rufen Sie mich an. Wann immer Sie möchten.«

»Gut«, sagte ich. »Das werde ich tun. Und vielen Dank für die Sandwichs und für den Drink!«

Sie brachte aus ihrer Kehle ein unverständliches »Ja« oder so ähnlich hervor, drehte sich um und ging ins Haus zurück. Ich ließ den Wagen an und schaltete das Radio ein. Es war schon nach drei.

Um etwas wacher zu werden, machte ich auf dem Weg nach Hause bei einem Drive-in-Restaurant halt und bestellte Cola und Spaghetti. Die Spaghetti waren so miserabel, daß ich nur die Hälfte runterkriegte. Aber ich hatte sowieso keinen großen Hunger. Nachdem eine Serviererin mit ungesunder Hautfarbe das Geschirr abgeräumt hatte, döste ich auf dem Plastikstuhl ein. Der Laden war leer und durch die Klimaanlage angenehm kühl. Ich schlief nur ganz kurz, ohne zu träumen. Der Schlaf als solcher war wie ein Traum. Doch als ich aufwachte, brannte die Sonne schon etwas weniger. Ich trank noch eine Cola und bezahlte mit dem Zehntausend-Yen-Schein, den ich gerade bekommen hatte.

Ich ging zum Parkplatz, stieg ins Auto, legte die Schlüssel aufs Armaturenbrett und rauchte eine Zigarette. Mit einemmal überkam mich eine große Müdigkeit. Ich war vollkommen erschöpft. Ich gab den Gedanken ans Autofahren auf, ließ mich in den Sitz sinken und rauchte noch eine Zigarette. Alles, was passierte, schien sich in einer weit entfernten Welt abzuspielen. Die Dinge waren erschreckend klar und unnatürlich, als würde ich durch das falsche Ende eines Fernglases blicken.

Wahrscheinlich willst du vieles von mir, hatte meine Freundin geschrieben. Ich kann mir aber nicht vorstellen, daß du wirklich etwas von mir willst.

Das einzige, was ich will, ist ordentlich Rasen mähen, dachte ich. Zuerst den Rasen mit dem Rasenmäher mähen, dann das Gras zusammenharken und dann mit der Rasenschneideschere den Rasen ordentlich auf eine Länge schneiden – nur das. Das kann ich. Weil ich das Gefühl habe, daß es so sein muß.

Oder stimmt das etwa nicht, fragte ich laut.

Keine Antwort.

Zehn Minuten später kam der Manager des Drive-in-Restaurants an meinen Wagen, beugte sich herunter und fragte, ob alles in Ordnung sei.

»Mir war etwas schwindlig«, sagte ich.

»Das liegt an der Hitze. Soll ich Ihnen etwas Wasser bringen?«

»Das ist sehr nett von Ihnen. Aber es ist wirklich alles in Ordnung.«

Ich fuhr vom Parkplatz herunter, Richtung Osten. Auf beiden Seiten der Straße standen alle möglichen Häuser, es gab alle möglichen Gärten und alle möglichen Leute mit allen möglichen Leben. Die Hand am Steuer, blickte ich unentwegt auf diese Landschaft. Auf der Ladefläche schaukelte der Rasenmäher klappernd hin und her.

Seitdem habe ich nie wieder Rasen gemäht. Irgendwann, wenn ich einmal in einem Haus mit Garten lebe, werde ich vielleicht wieder Rasen mähen. Aber das ist noch lange hin, glaube ich. Auch dann werde ich mir gewiß viel Mühe geben.

Anmerkungen

Ashio: Stadt nördlich von Tōkyō, bekannt für die dortige Bürgerbewegung gegen die Verschmutzung der Flüsse durch den Kupferabbau am Ende des letzten Jahrhunhunderts, die von der Regierung brutal niedergeschlagen wurde

Futon: einrollbare Baumwollmatratze und Überbett

Harajuku: Viertel in Tōkyō

Iidabashi: Viertel in Tōkyō

Kanagawa: südlich an Tōkyō angrenzende Präfektur

Kyōdō: Viertel in Tōkyō und Bahnhof an der Odakyū-Linie

Kyūshū: die südlichste der vier Hauptinseln Japans

Meguro: Bezirk von Tōkyō

Miso-Suppe: Suppe auf der Grundlage von Sojabohnenpaste (Miso)

Niigata: Großstadt an der Nordwestküste Japans

Odakyū-Linie: private Bahnlinie in Tōkyō, die von Shinjuku bis nach Odawara und zur Halbinsel Enoshima führt

Setagaya: Bezirk von Tōkyō

Shiitake: Pilzsorte, die in vielen Gerichten und auch als Gewürz häufig verwandt wird; gilt als sehr gesund

Shijimi: kleine Süßwassermuscheln, die vor allem in Suppen verwandt werden

Shizuoka: Präfektur, ca. 200 km südwestlich von Tōkyō

Umeboshi: salzig eingelegte Pflaumen

Yokohama: 30 Kilometer südlich von Tōkyō gelegene Millionenstadt

Yomiuri-Vergnügungspark: Vergnügungspark der Firma Yomiuri südlich von Tōkyō

Haruki Murakami bei DuMont

HARUKI MURAKAMI. AFTERDARK
Roman. 237 Seiten, gebunden, 2005

Haruki Murakami ist längst Kult, im deutschsprachigen Raum wird er als literarischer Superstar gefeiert und geliebt. *Afterdark* wird seinem Ruf gerecht – dem Tarantino der Literatur ist wieder ein kleines Meisterwerk gelungen.

HARUKI MURAKAMI. BLINDE WEIDE, SCHLAFENDE FRAU
Erzählungen, 414 Seiten, gebunden, 2006

»So etwas nennt man Weltliteratur.«   DIE ZEIT

HARUKI MURAKAMI. GEFÄHRLICHE GELIEBTE
Roman. 230 Seiten, gebunden, 2000

»Ein hocherotischer, sich steigernder Roman von ungewöhnlicher Zartheit und größter Intensität. Ich habe eine solche Liebesszene seit Jahren nicht mehr gelesen.«   MARCEL REICH-RANICKI

HARUKI MURAKAMI. HARD-BOILED WONDERLAND
Roman. 506 Seiten, gebunden, 2005

»Mit dem *Wunderland* liegt ein Herzstück der Romanwelt des Haruki Murakami vor.«   DIE ZEIT

HARUKI MURAKAMI. KAFKA AM STRAND
Roman. 637 Seiten, gebunden, 2004

»Ein himmelsstürmerisch romantischer Liebesroman ... Ein fantastisches Jugendbuch ... «   DER TAGESSPIEGEL

HARUKI MURAKAMI. MISTER AUFZIEHVOGEL
Roman. 684 Seiten, gebunden, 1998

»In Murakamis Büchern kann man sich wie in wundersamen Träumen verlieren.« DER SPIEGEL

HARUKI MURAKAMI. NACH DEM BEBEN
Erzählungen. 187 Seiten, gebunden, 2003

Nach dem Beben, sechs Erzählungen, die Haruki Murakami schrieb, als die japanische Insel bebte und ein Giftgasanschlag die Gesellschaft erschütterte. Beide Ereignisse – das Erdbeben von Kobe mit Tausenden von Toten und die Terrorakte in der U-Bahn von Tokyo – bewogen ihn 1995 aus dem ›Exil‹ zurückzukehren, um, wie er sagte, seinem Land beizustehen.

HARUKI MURAKAMI. NAOKOS LÄCHELN
Nur eine Liebesgeschichte. Roman. 428 Seiten, gebunden, 2001

Naokos Lächeln ist der weise, oft wunderbar sentimentale und »meisterhafte Roman« (*New York Times*), der mit seiner Millionenauflage Haruki Murakami zum erfolgreichsten Autor der japanischen Nachkriegsliteratur machte.

HARUKI MURAKAMI. SPUTNIK SWEETHEART
Roman. 233 Seiten, gebunden, 2002

»Eine schöne, verspielt-verspiegelte Liebesgeschichte, eine Geschichte vom Erwachsenwerden, das Murakamis Helden und seinen Romanen auf sympathische Weise niemals ganz gelingt.« DIE ZEIT

HARUKI MURAKAMI. TANZ MIT DEM SCHAFSMANN
Roman. 461 Seiten, gebunden, 2002

»Murakamis wunderbare Romane sind melancholische Trips ins Grenzland zwischen Realem und Imaginärem.« DER TAGESSPIEGEL

HARUKI MURAKAMI. WILDE SCHAFSJAGD

Roman. 299 Seiten, gebunden, 2005

»Murakami zu lesen wirkt selbst tröstlich auf Leute, die noch gar
nicht traurig sind, vielleicht ist das Murakamis Geheimnis.«

DIE ZEIT